王旭烽 著

花港观鱼

浙江文艺出版社

图书在版编目（CIP）数据

花港观鱼 / 王旭烽著. —杭州 : 浙江文艺出版社, 2024.5
ISBN 978-7-5339-7480-0

Ⅰ. ①花… Ⅱ. ①王… Ⅲ. ①中篇小说—中国—当代 Ⅳ. ①I247.5

中国国家版本馆CIP数据核字（2024）第028999号

策划统筹	王晓乐	责任印制	吴春娟
责任编辑	詹雯婷 汤明明	版式设计	徐然然
	许龚燕	营销编辑	张恩惠
责任校对	陈 玲	数字编辑	姜梦冉 诸婧琦

花港观鱼
王旭烽 著

出版	浙江文艺出版社
地址	杭州市环城北路177号
邮编	310006
电话	0571-85176953（总编办）
	0571-85152727（市场部）
制版	浙江新华图文制作有限公司
印刷	浙江新华印刷技术有限公司
开本	889毫米×1260毫米　1/64
字数	59千字
印张	3.125
版次	2024年5月第1版
印次	2024年5月第1次印刷
书号	ISBN 978-7-5339-7480-0
定价	29.80元

版权所有　侵权必究

花港观鱼　二我轩照相馆　摄于1911年

写在前面

1995年,我在浙江省文联工作,地点离西湖断桥很近。闻说断桥要断,赶去看时发现人群多挤在桥边担心,就想:断桥若真断了,许仙和白娘子怎么相会呢?因此触发了"西湖十景"第一部小说《断桥残雪》的创作动机。以后一年一部中篇,在双月刊文学杂志上发表,七部以后,开始两年一部,十三年后终于全部完成。

首先,这十部小说是十个爱情故事,红男

绿女，芳魂缭绕——《白蛇传》《梁祝》《李慧娘》，本来在西湖边发生的故事几乎就都是关于爱情的；其次，我企图在每部小说背后呈现一个杭州的文化符号，是看得见、摸得着的人文载体，比如荷花、古琴、金鱼、经卷、景观、花叶、印刻、书法、美术、工艺、戏剧等。最后，仅仅有文化事象不行，还要有哲理思考。比如《断桥残雪》里有关等待的意义；《平湖秋月》中当代社会精神与物质世界的审美对立，等等，它们通过十景中的意境一一传递。比如《三潭印月》，只有当你看出圆月是一滴饱满的、金黄色的、温暖的眼泪时，你的西湖边的人性解读方告开始。

十多年过去，小说曾经在高校成为线下课

程，也成为线上网课，被制成录像，也曾录成音频，拍成电影，成为行为艺术、实验文本。小说曾经作为整部形态问世，后又作为分册出版。我的朋友，曾任《江南》杂志主编的袁敏，作为被出版界盛赞的金牌编辑，提出这十部中篇应该构成分册型的整体，小巧而精致，知性且优雅，对她的观点我深以为然，且将其作为"西湖梦想"之一。

浙江文艺出版社的青年姑娘编辑们，终于编撰完成了一串美丽花环般的文字。果然就是部梦想读物，仿佛轻奢的生活艺术品，封面，册页背后、底下、上面及周边的无形与有形的文字花朵，如湖边的二月兰一般，突然就绕着故事草长莺飞，喧哗起来。于是，这些书册读物藤蔓一般地延展开去，小精灵一样地从书房间、地铁里、休闲吧中探出头来，参与着今天的杭州往事、西湖传说。

从故事里叠出故事的"西湖十景"，让我恍惚地想：她究竟是我写的故事，还是从我写的故事里生出来的故事呢……

王旭烽　2024年4月28日

目录

花港观鱼　　　　　　　　　　　　　　　　/001

变异与变态之间的进化
　——《花港观鱼》的创作联想　　　　　　/163

附录
　岳王庙精忠柏　　　　　　　　　　　　　/181

花港观鱼

有个女人，我很想把她忘掉，有段时间甚至以为成功了，她在我眼里不再是女人，她像异怪里面的一种。在西湖民间传说中，这样的妖精古来有之。

那天打的路过湖滨公园，见大花坛上朝天矗立着一条鲜花扎成的大金鱼，的哥告诉我，这是西湖国际博览会的吉祥物——欢欢。于是我不可救药地重新想起她。

首届西湖博览会地图及大门进口

选自《西湖博览会参观必携》

她姓那,名欢,我跟她唯一一次如仙如梦之旅,一直叫她欢欢。后来她枕着我的肩膀说,其实欢欢这个小名就是从我开始叫起的。我说不记得了。她奇怪地问,你怎么会忘记呢?我叫你二傻,你叫我欢欢,在花家山捞金虾儿的时候——我才明白,我从十岁开始被叫的"二傻"的外号原来也出自她。

我已多年没有见到她了,她也早已不在九百六十万平方公里土地上的任何一处。传闻中,她在委内瑞拉、洪都拉斯、阿根廷、哥伦比亚、匈牙利、罗马尼亚、波兰、俄罗斯、印度……听人说去年她已到加拿大。

我曾在夜里梦见她,场景重复了我们的初次相识,只是一切都在浓雾中。一架大人力板车,由那欢的母亲拉着,她头低得几乎要垂到地上。那欢和弟妹们坐在高高的人力车顶端,摇摇欲坠,手里捧着一只大铁杯,他们兴高采烈地唱着:"抬头望见北斗星,心中想念毛泽东,想念毛泽东……"

后来人力车消失了,浓雾中只有她一人向我走来,跛着足,没有拄着她那闻名全城的司迪克。手里依然捧着那只色彩斑驳的大铁杯,竭力想控制住平衡,但杯中水还是洒落出来。她站住了,问我:"我家住女厕所,你家呢,住男厕所吗?"

在梦里我也不免奇怪地想,我们两家共住西湖南山边那个大厕所,应该是1966年夏天被扫地出门时的事情啊,她只有十岁,怎么看上去已经是个少女了呢？接着她突然把大铁杯伸到我眼前，说："你喜欢金鱼吗？"我一看杯中，失声叫道："那不是欢欢吗？"

然后我们就在床上了。我们依然做爱，但我总担心地想：这是唯一的一次，正在诞生和死亡的唯一的一次……因此我的内心极为恐惧和痛苦，以至于失声痛哭。我抱着她泣不成声地叫："欢欢，欢欢，你怎么可以那样做，你怎么可以那样……"我的眼泪滴到了她的身上，她沉默了，我定睛一看，啊！像白娘子喝了雄黄酒变成了一条大白蛇，欢欢变成了六公园大花坛上的鲜花大金鱼。她张着鱼嘴对我说："我要……让你把我……想到骨——头——缝里去……"

我醒来了，正好听到电话铃声，是一个国际号码。在西子湖的夜雾中，对面女人的甜言蜜语带有一点做作的异国情调："哈啰，您是沈先生吗？"

我本能地看了一眼睡在身边的老婆，她闭着眼睛，当然是假寐。我只好问："你是谁，现在是半夜。"她装腔作势地说："连我都忘了，二傻……哈哈哈哈……我是鱼妖欢欢，杭州城里到处都是我的塑像，想起来了吧。"

我只好又说："有什么事情你快说，你在哪里？"

"你想想我会在哪里呢？二傻，你要不见我，我可不答应你。"

挂掉了，像一个骚扰电话。

老婆闭着眼睛问:"谁啊,半夜鸡叫。"我不敢说是谁,含含糊糊地回答说是一个朋友的电话。老婆闷了一会儿,突然跳了起来,抱起被子大叫:"梦里还跟那瘸腿妖精鬼混,沈二傻,滚你妈的蛋!"

我以为她是要抱着被子到外屋的沙发上去了,谁知她一脚就把我踢到床下去了。我坐在地板上,一点脾气都没有。老婆在外资公司,我被精简了。从前我们的父母是平起平坐的,我们俩又都是从部队转业的,是门当户对的婚姻。现在不一样了,是该我抱着被子到外屋沙发上去了。

从前,我老婆不那么趾高气扬的时候,也

曾好奇地问过我那欢是个什么样的女人。我想来想去，竟然有点记不起那欢的模样了。一定要说，她有点像我小时候看的《冰山上的来客》中的古兰丹姆，有一种遥远的异族情调。三百年前清兵入关时，满族进了杭州城，那欢不止一次在大庭广众之下炫耀过她骄傲的出身，红黄蓝白正旗镶旗她都说了一个遍，最后宣布她是正黄旗。她爱瞎编这一点是肯定的，但我从来不去戳穿她。

我们两家并非像人们以为的那样风马牛不相及。我父亲曾经是她父亲的领导，1949年他南下解放杭州城。虽然相隔三百年，我们的出身依旧有相似之处——以胜利者身份来到这座天城湖边的移民。三百年后我们遭遇了同样的变故，两家同时被扫地出门，发配到湖边这个废弃的厕所。

我父亲属于那种要被打倒的人物，又恰逢反戈他一击的秘书要结婚，我家就给他腾新房了。那欢父亲则是国民党留守人员，我们，包括他自己，到今天也没弄明白他究竟犯了什么罪，总之那时候那老爷子正在劳改农场。有一天劳改农场起火，她父亲只来得及捞出一只鞋，场部同意他们这些留场人员回家。那老爷子可谓是"随风潜入夜"，回到家中，倒头便睡，中气十足，鼾声惊天动地，不料吵醒了隔壁那家造反派，第二天就被人押了回去，又恐他被送回来，就把他家发配到我家隔壁的女厕所去了。

男厕所大一些，但我父母依然愁眉不展，唉声叹气，绝望至极，那欢一家却唱着歌儿到了。那欢的妈是个大个子，据说是从前杂货店的大小姐，姓姚行六，人称姚六小姐。姚六小姐很高兴，她发现那女厕所比自家的原住处还要大。"都给我下来！"她一声号令，大板车上的一串萝卜头纷纷下来，由那欢带队，观察地形。我妈那时被这新居之臭熏得天昏地暗，七零八落的一些家具就放在厕所外，正一筹莫展，那欢瘸着腿一摇一摆地朝我们走来，欢乐地叫道："你们也住在厕所里啊！"

我们没理睬她。1966年夏天之前，我们住在大铁门里，有独家小楼和院子，我们上我们的幼儿园、我们的小学，我们有我们的领域，突然搬到厕所里,我们反应不过来。

那欢无视我们的冷漠,又欢天喜地地问:"你家有金鱼吗?"

我摇摇头,她就主动把那个大铁杯拿到我眼前来看。那是一条很小的花鱼,只有我们的小拇指那么大,但身上红黄白黑蓝五色俱全,阳光下闪闪发光,娴静地缭绕在一根比头发丝稍粗的袅娜的水草边。那大铁杯也是旧的,瓷片剥落,又用淡绿色涂覆,洗得干干净净。她一边看着鱼儿,一边小心翼翼地说:"看到了吗,是龙种。"又对那花鱼儿说:"欢欢,欢欢,我们又搬家了,搬到西湖边来了。"

我跟她说的第一句话就是:"你们常搬家吗?"

"常搬!"她笑嘻嘻地说。"搬家很麻烦的

[清]虚谷 三鱼图轴(局部)

噢。"我说。"不麻烦,"她回答,"一板车就把我们拉走了,反正妈妈就是拉板车的,欢欢跟我搬了好几次家了。"

我很惊奇,欢欢那么小,居然跟着他们搬了好几次家。我们说话的时候,姚六小姐已经跟我妈妈攀谈上了,她们分配好任务,男女厕所的卫生问题,大家一起出动。姚六小姐向我妈要了几件破衣裳,那欢第一个穿上我的旧运动服,却没忘把铁杯交给我,说:"管住我的欢欢。"我问她为什么要穿我的衣服,她说:"爬到茅坑里去啊。"我说:"那多臭啊。"她说:"洗干净就不臭了啊。"

厕所是很原始的,可以从座坑上爬下去。那欢和几个孩子在茅坑里面干得很高兴,那欢妈把他们的头包得严严实实，还给他们戴上口罩，口罩也是我家的。他们在里面冲啊，洗啊，扫啊，我们几个在上面接水去倒，有时水倒到了他们头上，他们就快活地尖叫起来。干净的水是从西湖边取来的，新家离西山公园并不远。那欢一直在下面唱个不停——她用越剧腔唱一句："我们高呼万岁万岁万万岁——"她的弟妹们立刻接下去用普通话高喊："万岁万万岁！"她又接着唱："敬祝领袖万寿无疆万寿无疆万寿无疆……"

我们兄弟三人在上面听着听着也跟着唱："……你过去身穿绿军装……"那欢叫道："有没有发现，我们在下面唱歌声音特别好听，还有回声呢，不相信你们听听看——万岁！万岁！

万万岁！"她在下面喊了起来，我父亲气急败坏地跑来，手里拿着一把艾草叫道："住嘴！住嘴！这里是喊……的地方吗？"我父亲吓得不敢重复那五个字。姚六小姐连忙止住她的孩子们，一边笑嘻嘻地说："沈局长，不要紧，这里没有人住，没人听见的。"我父亲边擦汗边说："没人听见也不能喊，这是态度问题，也是立场问题。"

姚六小姐一听，连忙对下面喊："听见了没有？"下面的萝卜头儿连忙回答："听到了。""听到了都给我上来，欢儿留下点艾草。"

那欢上来的时候又臭又香，还有一股艾草气。我本能地往后躲，她跺脚问我："我的欢欢呢？我的欢欢呢？"我说我把它放在树荫底下了。她又跺着脚叫："给我拿来啊，给我拿来

金虾儿

　　学名剑水蚤,又称青蹦、三脚虫,栖息于池塘、湖泊等水域,呈浅肉红色,常用作鱼类饲料。天气暖和时,金虾儿会浮在水面上,宛如红藻,寒冷时则需用工具打捞。

　　南宋时,杭州人就已用它来饲养金鱼。

啊!"倒像那小金鱼儿是她的命。

大铁杯子捧在手里时,她心痛地说:"欢欢饿了,该给它吃饭了。"

我连忙说我们从家里出来时带着一锅剩饭,那欢说:"你说什么呀,金鱼是要吃金虾儿的。"

夕阳西下,酷暑渐去,我们五六个孩子经过一场茅坑的洗礼后也迅速融在了一起,笑着唱着跑到湖边去了。站在蒋庄对面齐腰身的湖水中清洗着自己的时候,我们清清楚楚地看到了对面石栏杆内的浓烟。那欢突然就叫了起来:"是抄家呢,红卫兵在烧书呢!"她把自己脱得只剩下一条花短裤,她那条难看的得过小儿麻痹症的右腿不像是她的腿,但确确实实又生在她身上。她仿佛一点也没有意识到我们或许不应该看到这样的隐私——连带着她十岁那年扁平的胸脯,一起毫不犹豫地向我们敞开。我们三兄弟都已经略略知道一些男女的事情了,便有些不自然。但那欢撇开了这些小骚动,她命令着我们,一会儿送肥皂一会儿递毛巾,一会儿又指着对面那个院子里正在燃烧的火堆叫着:"破四旧了!破四旧了!"

我们都看到了一个大大脑袋、长长白胡子的老头,他靠在石栏杆上,盯着西湖水发呆,时而喃喃自语,但我们都不知道他是谁。

那欢命令我:"把欢欢给我拿来。"我就乖乖地把那大铁杯送上去。她抱着那铁杯,说:"喏,再远一点,那里,就是欢欢的老家。"

我大哥想起来了,说:"知道,那不就是花港观鱼吗?那里有许多许多的花鱼,很好看的,你这条鱼是不是从那里偷来的?"

那欢一边看着欢欢一边说:"从前我们家有许多鱼儿,我爷爷是专门养鱼的,房间里院子里都是金鱼儿,龙种啊,蛋种啊,文种啊,水泡啊,狮子头啊,现在只剩一条欢欢,破四旧破掉了。"

我们就一起看着欢欢,它小到仿佛透明,可以通过它的身体看到对面的水。那欢小心翼翼地说:"欢欢是五花龙睛。"

"你怎么知道?"我问。

"我爷爷告诉我的。"

"你爷爷呢?"

花港观鱼

[明]蓝瑛 西湖十景立轴 花港观鱼

"死了。"

我们就站在湖水里肃穆起来。

我说:"我爷爷也死了,很多年前。"

"我爷爷刚死,造反派到我家来后他就死了。"

"你们是黑五类?"我们三兄弟就叫了起来。那欢白了我们一眼,说:"什么呀,你们不也是走资派吗?"

她从湖水里跳了出来,那一条瘸腿灵活得比我们还跑得快。"我要到花港捞金虾儿去了,谁跟我去?"她叫道。我们犹豫了一下,不约而同地就朝她指引的方向冲去了。

整个夏天,我们两家人都睡在厕所外的草地上。尽管父母一再告诫我们要和那家划清界限,但事实上我们已经沾染了那家人的生活习气——一种破罐子破摔的流浪汉般的欢乐的气氛。他们那种与生俱来的饿不死就要迸发热情的精神,在一个夏季里不可能不使刻板的我们受感染。

我们的厕所生涯并不长,夏天快结束的时候,两家分手了。单位来了一辆卡车,把我们全家送到乡村去。那欢家也出发了,他们要去哪里我们不知道,也许他们也不知道。但他们依然精力充沛,一辆人力车,最小的坐在高高的车顶上,姚六小姐在前面拉车,几个大孩子在后面推。金鱼欢欢的铁杯搁在车后架上,一个夏天它长大了,不那么透明了。我们本来计划要去捡了破脸盆来给它安个新家,我们甚至还准备到花港去偷几条金鱼儿来陪陪欢欢,可惜来不及了。

那欢边和我们招手边欢呼雀跃,她倒退着,一跳一跳,像只瘸腿青蛙,呱呱呱地叫道:"大傻,二傻,三傻,你们统统再见!"

她那几个弟妹也一起叫道:"再见!再见!再见!"她那最小的妹妹坐在人力车的顶上也对我们招手:"再见!再见!再见!"

我们三兄弟也不停地与他们招手再见,很像当时纪录片中知识青年支援边疆建设时在火车窗口向人们告别的镜头。

那个夏天像一场奇遇记,但我们很快回到正常的生活轨道上来。先是倒霉,然后慢慢好起来,最后回到原位。我插队,参军,上大学,多年没有再见到那欢,直到她以另一种传奇身份出现。

深夜接到那欢的电话之后,第二天我就给毛丰打电话。毛丰是我大学时睡在下铺的同学,也是我所知道的那欢的第一个男朋友。二十年前,毛丰是可以用"酷毙"二字来形容的,现在自然已经风马牛不相及了。他大概是中国知识分子中最早下海的那批人中的一个。我几乎与他不再有任何联系,他也一样,倒是我老婆还和他互通着音信。对我的这个电话他并不奇怪,笑笑,轻松地说:"怎么样,二傻,你也接到骚扰电话了?"

这口气令人反感。他对我表示了某种亲昵,

仿佛我和他是心照不宣的同类人。

我的沉默引起毛丰的注意，他连忙补救说："那欢从国外回来，说是想在西博会搞一个大型的观赏鱼汇展，她跟你说了这件事吗？"

我告诉他，我连她住在哪里、与谁联系也不知道呢。毛丰想了想，说："如果你要找她，不妨去找找陈建安。"

这下轮到我吃惊了。问："陈建安又出狱了吗？"

毛丰说："出是出了，什么时候又进去是不知道的，他给过我一个电话，我从来没打过，你试试看。不过别说是我给你的，我可不和这小子来往。你要见着那欢，方便的话也告诉她，她栽在他手里还不够多吗，叫她头脑清醒点。"

花港观鱼

[明] 吴从先

余红水面惜残春,
不辨桃花与锦鳞。
莫向东风吹细浪,
鸳鸯惊起冷香茵。

我搁下电话想,这就是那欢。昨天一个晚上,她可能把杭州城里所有旧情人的电话都打了个遍,没准我是她想起来的最后一个人。但这不影响我对她的思念,想起湖滨公园的那条花扎大金鱼,我心情激荡。

我无法把那个瘸腿的、臭气扑鼻的、胸脯扁平的、充满领导欲的黄毛丫头,和我许多年以后看到的丰腴的杭州姑娘那欢相提并论。在没有与她重逢之前,我已经饱闻她的种种行径。那时我已从部队回到杭州,并在同一年考上大学。睡在我下铺的"社会活动家"毛丰每天神出鬼没,深夜回来,总要给我们带来一些欢姐的消息。开始我们还以为这是位大妈级人物,后来方知欢姐乃是一位妙龄女郎。毛丰也许是继承了家族的某种遗传，对一切与政治经济变动有关系的事件都表现出极大的兴趣。那时候社会上已经出现私营企业，也有夏伯阳式的人物和农民企业家等等，他们人数不多，但也终于凑到了一起，常常切磋改革进程。他们仿佛是一群神秘人物，推动历史又被历史质疑，一会儿肯定一会儿否定，一会儿进人民大会堂，一会儿进监狱。他们实际上是被当成另类的，一般人进入不了他们的核心。毛丰只是一个青年学生，他父亲在我们这个城市掌管着要权，他则成了这群人当中的理论家和青年活动家，后来又成立了一个公司，而他的欢姐，就是他在社会实践中相识的第一位红颜知己。

毛丰还有许多女弟子，外语系和中文系的

女生甚至为他分成两大门派。沾了毛丰的光，寝室里莺歌燕舞一片。毛丰常常把我们赶跑，以便他单独辅导女弟子们。他给她们讲中国革命和世界革命，讲美国、法国和英国，也分头和她们亲昵；但他从来没有把他的欢姐和那些女大学生搅在一块儿。欢姐是他崇拜的偶像，一位从社会底层而来、经历种种磨难、阅历丰富的别开生面的年轻女子。

他也不让我们见欢姐，仿佛他的欢姐一出现，我们就会疯了似的抢了去。他只是在半夜归来洗脚的时候和我们聊几句天下大事，间或把他的欢姐放风筝似的放一下。比如他会在挖脚指头缝的时候突然说："你们不会想到，她是一个格格，她家和爱新觉罗家族是有血缘关系的。"但更多的时候毛丰不讲这些,欢姐永远都是他的耳目、参谋长、后勤部长和政委。那时,每天都有一些不安的消息传来,公司渐渐被人控制了,有人窥视他们的权力啊,有人无理向他们逼债啊,公司内有人叛变啊,一派的人内部也产生了激烈的冲突啊……听来听去,只有欢姐一个人是铁杆"保毛"分子。

有天夜里晚自修,正巧只有我在寝室,毛丰突然气急败坏地冲了进来,拉起我就走,说:"兄弟,要你出血的时候到了。"我说打架我可不去,我小时候就把一辈子的架打完了。他说他们的敌人已经包围了公司,要把他们的大印抢去。我说你们这是怎么回事,"文化大革命"结束都几年了,你们怎么还在搞夺权斗争啊。

他说你就别啰唆了，欢姐还在浴血奋战呢，他是杀出重围来搬救兵的。我一听倒真是吃了一惊，问："你把那个格格一个人留在那里了？"毛丰说："还不是为了那枚大印。"我的心一抖，就把话抖了出来："欢姐是不是姓那？她养金鱼吗？"他摇摇手生气地说："沈二傻你明知故问，那家在岳王路上摆着卖金鱼的摊儿啊。"这时我才知道同住过厕所的老邻居那家人的下落。

和那欢重逢可以用惊心动魄形容。那天夜里刚好气温下降，天气骤变，让人想起"月黑杀人夜，风高放火天"。我们在龙翔桥菜场附近的一条小街听到了厮杀之声。一个女人正鬼哭狼嚎，她声嘶力竭地叫着："你们敢过来！你们

龙翔桥农贸市场　吴国方　摄于2004年

龙翔桥一直是杭州最热闹的地方,农贸市场、公交站、服饰城、夜市大排档,吃穿住行以及玩乐,都能在此处找到。

谁敢过来我就用手里的炸药包和你们同归于尽!"毛丰一听就说不好,欢姐已经到了最后的时刻!我也热血上头,顾不上别的,先冲上去再说。转过街就看到他们的公司了,原来也就是一间老式平房,但此刻有个人上了房,正在房顶大叫,手里还拿着根棍子。平房是人字形的屋脊,那人在房顶上站不太住,她不停地甩着棍子疯狂叫喊,一会儿转向东一会儿转向西,我已经确信她必是那欢无疑,但依然没办法把这个在屋顶上狂叫的人与那欢联系在一起。与其说她像那欢,不如说像电影《英雄儿女》中的王成,他在高地上一个人和美国鬼子拼杀时,手里就拿着一根大雷管,很像站在房顶上用一根棍子面对屋下众人的那欢。

毛丰大喊一声："都给我退后，她真有炸药包！"这一招灵，人们都吓退了，边退边说："瘸拐儿，谅你也跑不远，白刀子进红刀子出，有本事你下来！我们再找你算账。"就听那欢在房顶上喊："畜生！你们这群畜生，西湖里没有盖，你们怎么还不给我去死啊！"这完全是杭州市民的骂街法，但很灵，一眨眼工夫，那些人就不见了。

我和毛丰连忙跑到屋檐下，毛丰激动地说："欢欢，欢欢，我在这里！"而站在房顶上的欢欢也激动地、狂热地叫道："毛丰，你终于来了！"她一下子扑倒在屋檐上，可以说是滑倒在屋檐上，我能听到瓦片压碎的声音，但这一切都无法阻止他们俩狂热地握手。一个踮起脚来，一个从屋檐上倒挂下来，都伸出手，但他们依然无法够到，于是那屋顶上倒挂的一个就伸出她的棍子。直到这时候我才发现，所谓的"雷管"，乃是一根拐杖。看上去仿佛是乌木做的，在夜色中发出寒光。毛丰激动地握住了那根拐杖，我看到了他眼中激动的泪水，他不停地叫道："欢欢，欢欢！"而那欢则倒挂着尽量不让自己滑下来，由于胸部被压着，她只能气喘吁吁地说："大印还在。"

这就是那天夜里我看到那欢时的奇特场景，但更奇特的场景还在后面。就在我们又激动又尴尬，不知如何是好的时候，几个派出所的人到了，他们凶狠地叫道："谁有炸药包！谁想杀人行凶！"

我们都愣住了,还没等反应过来,已经有人飞檐走壁似的上了房,老鹰捉小鸡一般把那欢提了下来。那欢勇敢得很,还不停地边挥着她的拐杖边叫:"你们要干什么!我没有炸药包!你们要干什么,我没有炸药包,我是吓吓他们的!"

那也没有用,那欢从房顶上下来,就被警察带走了。本来要把我们也一起带走的,幸亏有人做证说我们没有参与这场恶战,这才放过了我们。那欢一边被他们推着往前走一边还叫:"我的金鱼儿,我的金鱼儿,我的欢欢在上面……"

听到她叫欢欢,我的血液沸腾起来,那是一条二十年前的鱼儿啊,难道还没有老成精吗?

我一个大步沿窗台蹦到房顶，很快就发现放在屋脊上的那只大铁杯，我把它捧起来一看……明白了，除了一条五花龙睛，还有一枚浸在水中的大印。

五花龙睛当天夜里就死了，是死在我们的寝室里的。毛丰把大印捞了出来，却忘了金鱼欢欢。欢欢在掺和了印泥的水里挣扎半夜，终于没有等到主人的归来。

毛丰并没利用父亲的权势，只是自己瞎碰乱撞，花了三天时间，才把那欢捞了出来。我们在楼外楼给那欢接风，设宴的钱是我出的。毛丰说他为了救那欢，已到山穷水尽的地步，我得帮他。我说："请你的欢姐吃饭我当然愿意，但你也不能这样下去啊，得找你父亲要钱去呀。"毛丰说："二傻，你怎么哪壶不开提哪壶呢。我父亲早已严禁我与那欢他们来往，说不停止来往一天，就断绝我经济来源一天。"我说："这是干什么呀，搞得跟阶级斗争一样。"毛丰突然说："为那欢的事情跑了三天，我突然明白我家老头子了。你父亲能接受那欢吗？"当时我就有点吃惊，我觉得毛丰并不像他自己说的那样无所顾忌。

再次见到那欢我依然不能不大吃一惊。那天夜里的屋顶大战，我根本没法仔细看到她长成什么样儿了，而且她狂呼乱喊的样子让我有些不大敢看，她和毛丰那种生死战友情的样子也让我又忌妒又有些想入非非。再见那欢，她依然在我的想象之外。她比她的妈姚六小姐要略小一些,中等个子,饱满而不臃肿,用今天的话说,性感。她的表情非常丰富,像那时候我们正着迷的一部日本影片《追捕》中的女演员中野良子的面部表情。而这一切都还不是主要的,在我看来,杭州城里再找不到一个姑娘像那欢那样,长波浪长到腰间,这是天生的,十岁那年我没注意。她穿一袭西式绛红长裙,披着一件长长的黑色金丝绒大氅,戴一副雪白的手套,手提一根拐杖,就是那天夜里我看到的传递战斗友情的那一根;脚上呢,蹬着一双长靴,漆黑发亮。奇怪的是,她戴着一副眼镜,但那是一副夹鼻镜。她不时地把它扶上拿下,与她闯荡江湖般不羁的神气形成小小的反差。

总之，那欢在楼外楼门口迎接我们的模样让我如雷轰顶，我想就是从那一刻开始，毛丰成了我最隐蔽的敌人。

我们一群男大学生，跟在这个不知真假的格格身后，像一群随从。她一瘸一拐地走在我们前面，我发现她比小时候跛得更厉害了，长波浪因为身体的摇动而骚动不安地在腰部和臀部摩擦，让人想入非非。她把她的拐杖用得十分夸张，像魔术师手中的点金棒，一会儿挥到东一会儿挥到西。她的嗓音很迷人，不过一听就是一种做作的迷人、装腔作势的迷人。你从此知道有一种缺陷就是美，比如那欢是不能不瘸腿的，不能不装腔作势的。谁都知道这是可笑的，但我们每一个人都被她迷住了。

我发现那欢已经把我们小时候的那一段忘得一干二净了，哪怕毛丰把我的大名沈平建告诉了她，她也没有把我回想起来。她伸出手来与我相握，还拽着我的手转了好几下，显得很妩媚，说："谢谢您，救命恩人。"我说："哪里哪里，毛丰才是救命恩人，我是瞎碰上的。"她歪着头道："照你这么说，你是瞎猫，我是死耗子了。"大家听了都哄堂大笑，我也笑了，想试着让她恢复记忆，说："我倒是有一个外号，但不是瞎猫。"大家就叫了起来："沈二傻啊！"

那欢看看我说："他看上去很聪明的嘛，不聪明他不会请我的客。毛毛，小心你的竞争者来了。"毛丰听了这话，勉强笑笑说："他敢！"

我发现毛丰那天情绪不高。可那欢兴致极

好，我要了一瓶红葡萄酒，她自己倒满大大的高脚酒杯，站起来严肃地说："各位兄弟，有幸认识你们这样一群战友，我心里很激动。大家随意，我干了。"

我们就在目瞪口呆中看着她把一杯葡萄酒一口气喝了下去。"我饿了！"她直率地说。"他们打你了吗？"我们问。"他们敢！"她边吃菜边说："我让他们把拘留证拿出来。他们这样做，我会让我的律师来找他们的。知法犯法，罪加一等！他们一点回话也没有。"

"你的律师呢？"我竟然傻乎乎地问。

"不是就睡在你下铺吗？"她用筷子指着毛丰，然后一边小心地吸着一个鱼头，一边认真地说："这是个普遍现象，全国各地的改革家们都几乎面临这个问题。"

我们一寝室的男人，听了她的话，简直不知道用什么样的高调去回应好。最后还是我无比傻地问了一个问题："你们现在该怎么办？听说你们的公司已经被查封了。"

"我们也已经中箭落马了。"她说。我发现她非常喜欢"中箭落马"这个词。"听听毛总有什么设想。"她笑脸看着毛丰。毛丰说："现在我们还是暂时守住阵地，留得青山在，不怕没柴烧。"

也不知道哪根筋突然搭住了，那欢突然站了起来，问："毛丰，我的欢欢呢？"

毛丰说："知道你会问起你的金鱼，实话跟你说，死了！"

岳王路上市民在买小金鱼　吴国方　摄于1986年

　　岳王路曾是杭州花鸟市场和古玩市场的聚集地,20世纪70年代到90年代,许多市民会来到岳王路购买金鱼、花卉、宠物。

她吃惊地睁大眼睛，脸放了下来："真的死了？"

毛丰说："真的死了。"

她想了想，又坐下了，轻松地说："死就死了吧。"

毛丰大笑起来，说："二傻我跟你打赌说她不会在乎，你还不相信，你看她是不是不在乎。"

我从桌子底下把隐蔽好的大铁杯拿了出来，里面那条鲜活的小金鱼游得正欢。那欢看着它，欢喜地说："骗我，活得好好的。"

我说："是我买的。岳王路金鱼摊子上新买的。"

那欢大笑，又用筷子点我："那是我家开的

铺子。"

我说:"知道,我本来以为能看到你妈呢。"

那欢倒了一满杯酒,递到我手里,说:"二傻,我还以为你认不出我了。"

我说:"一眼就把你认出来了。"

"你还跟小时候一样傻!"她说。

毛丰这时候才知道,原来我和那欢的关系,比他久远得多呢。

吃过饭,那欢要回家,我以为毛丰会送她,但毛丰说:"二傻,你有自行车,你把那欢送回家去。"

我有点吃惊,我们大家都以为那欢是毛丰的了,但那欢显然并不在乎这个。她把拐杖放到我车把上,自己一下子就横跨到我的车后座上,然后笑盈盈地说:"我跟你有言在先,我是不会跳车的。"她没忘记捧着那只大铁杯。

那欢一家在我们搬走之后的情况,是她在车后座上告诉我的。原来他们又回到老屋,饱一顿饿一顿,也不知道怎么回事就挨过来了。她初中没毕业就到街道糊纸盒,因为腿的原因,逃过了上山下乡。我问她怎么认识的毛丰,她说她常替父亲给毛丰父亲送申诉材料,一来二去地就认识毛丰了。我说:"那也不可能啊,毛丰也不会跟着他爸爸上班。"她推推我的背说:"二傻,谁跟你一样僵谁就死定了。申诉材料送到单位去,什么时候才到得了毛丰爸爸手里,就是要找到他们家才行。找到还不行,还要进入他们家。"

我突然明白了："欢欢，我知道你是怎么打进敌人胸膛的了，你肯定是捧着金鱼缸进去的吧。"

那欢在车后座上扭着笑着，突然问："二傻，你看毛丰这个人怎么样？"

我说："你们不是亲密战友吗？"

她突然沉默了，说："没事，也就是那么一问。"

我知道她是有心事的，就说："毛丰很聪明，就是有点情绪化。"

她坐在我后面，一声不吭，突然抱住我的腰，说："我也是有点情绪化的。"

她的一只手上还拎着那个大铁杯，手一抱，

移到我胸下，就见那五花龙睛在我眼前晃来晃去。我一边骑着车一边说："我知道你在乎你的欢欢，你看你把自己的名字都给了它，真没想到你把这只大铁杯子保存到现在。你还是走到哪里带到哪里吗？"

"也不都是那样，这次办公司，我才把它带来了，指望着能活呢，没想到鱼儿还是死了。"她叹了口气，让我停了车，跳下，严肃地对我说："二傻，帮我做件事情。"

我一看她那一脸大事的样子，连忙说："你说吧，只要我能够做到的，我一定帮你做。"

她又开始提创业的事情了："杭州这个地方，不利于改革家的成长，我想到别处去发展。毛丰跟我商量好了，暑假一起到北京去探探路子。"

我说："那好哇，那你们就去啊。"

那欢却又说："可是我又怕毛丰动摇了。"

"他什么时候跟你说的?"我问。

"前几天，他把我从拘留所接回来后说的。"

我说："毛丰再怎么样，也不会情绪化到这个份儿上。再说，他真要不想去了，我会陪你去的。我不是改革家，对创业也没什么兴趣。不过暑假里陪你到北京走一圈，我还是敢夸这个海口的。"

那欢笑了，是那种故意的媚笑，明显是要让我高兴。她说："我要到北京的金鱼市场去看看。"

我也不知怎么的突然就说："欢欢你就别跟

毛丰他们闹了。他们闹出事来都没关系，有后台，你怎么办？你还是把你的金鱼儿卖好吧。"

那可不行。她朝我挥挥手，拐杖又开始像点金棒点到东点到西："没有改革，我就永远只能守着这几个塑料盆子小打小闹。等我有了钱，我要在西湖边盖一个大金鱼馆，我要让全世界最好看的鱼儿都游到我的馆里来，不相信你走着瞧。"

她一瘸一拐地走了，嘴里哼着什么歌。大街小巷的路人们，正以各种各样的心情向她行注目礼。

我们就那么一前一后朝杭州城的贫民区走去，它像一切老城市中的贫民区一样拥挤、狭窄、脏乱。拎马桶的女人们走过她身旁，热情

花港觀魚

地挥着马桶刷子与她打招呼,她则扬起她的拐杖与她们亲切对话。她很有人缘,一路上那些杂货店老板、收电话费的老头、管自来水的,甚至拉粪车的都亲热地叫着她:"欢欢,欢欢,欢欢……"我不远不近地跟着她,又像路人又像保镖。行至岳王路一条逼仄小巷,贫民窟的瘸腿西施站住了,回过头,朝我举起拐杖做持枪状,两腿一跳,微微分开,叫道:"站住,不许动。"她发现我止步不前,又用另一种语言招呼我跟她走。

一个不大的墙门,长着青苔的天井,已经被东一间西一间的小屋蚕食。她带我进入小门,又是一个天井,旁边是厢房,接着又是一扇后门,又一座天井,自行车把空间占领。过道几近漆黑,我们就像地下工作者一般摸索前进。那欢像她手里的那条金鱼儿,游刃有余。最后我们终于走到黑暗尽头,发现面前围了一个篱笆,一种错觉让我以为我们到了一个鸡圈,实际上到的却是一个金鱼王国。小院子弯弯斜斜,依稀间仍然看到雕梁画栋,显然是住房被蚕食后最后的边角料。院子里恰到好处地放了盆、缸和架子,养了各种金鱼,脚底下铺的鹅卵石,因年深日久而残破不平,倒显出特有的古趣来。

一个中气十足的声音带着官腔,用标准的杭州普通话说:"姚六小姐,大小姐那欢赴宴归来。"

一个小个子的干瘦老头儿,坐在一张旧竹躺椅上,从一盆盆金鱼间仰起脸。他有一副奇特的面容，尖下巴，一头卷发长过耳下，像女人的发型，夹在脑后。他围着橡皮围裙，足蹬高帮套鞋，一双小手很精致地弹着烟。身边有一只烟缸，一杯茶，头上挂一只鸟笼。他就是金鱼王国的国王那老爷子。

那欢指着我问："老爷子，你看我把谁给你带回来了？"

那老爷子站起来用手作了一个揖说："如果没有猜错，这位就是沈三白的后裔沈二傻了。"

他的话音刚落，姚六小姐带领着一群男女青年从黑洞洞的门里冲了出来，二傻二傻地叫成了一片。其实我们若在大街上迎面走过，谁也不认识谁了。姚六小姐老了，但热情如故，又是茶又是烟，我不好意思地问："那先生认识我的上辈?"

那欢笑了起来,说:"爸爸,他没看过《浮生六记》。"然后就从她爸爸的烟盒里掏了一根烟,笑嘻嘻地说:"就抽一根。"

"有什么办法,大小姐要过瘾,不得不伺候啊。"只听噬的一声,那老爷子就给他女儿点上了一根劣质烟。那欢美美地抽了一口,朝我丢了个媚眼,说:"噢哟,在他们知识分子堆里憋也憋死了。"

那老爷子一边给自己也点上一根,一边说:"二傻啊,说你跟沈三白有关系那是开玩笑。沈三白乃江南人,你父亲是山东人,1949年5月3日那天来到杭州城,和沈三白没关系。不过我一眼就把你认出来了,你和你家老头儿很像,个头神态都像。小毛和他们家老毛也很像。你们的父亲刚进城我们就认识了。他们是接收大员,我是亡国之臣啊!"

他得意地看着我,他说"亡国之臣"四个字时的样子,让我想起了那欢说"中箭落马"时的神情,有一种说不出的渊源。

姚六小姐一边给我们端上来一小碟子瓜子儿,一边说:"什么亡国之臣,亡命之徒!"

那欢的几个弟妹都笑了起来,指着他们的爸爸:"亡命之徒,亡命之徒,亡命之徒!"

这样子让我想起当年我们在厕所门前各奔东西时欢呼雀跃般的告别——再见,再见,再见!

那老爷子也笑了,眯着眼睛躺在竹椅上,

得意地回首往事:"二傻,你不晓得这段出典,那时我们两家已经搬开,我回家来了。睡觉呼噜太响,夜夜把隔壁邻居吵醒。人家本来就是造反派,赶我们不走的苦哇,就想把我弄回农场去。谁知农场烧掉了,你说要死不要死。再说我嘛也记挂那两条金鱼,我不在,它们活不安生。不管三七二十一,我白天躲在家里,夜里嘛,你猜我到哪里去睡觉?"老爷子哈哈大笑起来:"我到你们家住过的男厕所睡觉去,睡了一年呢。"

我还从来没有见过这样能够化悲痛为力量的人呢,那老爷子挥挥手说:"欢儿,和你同名的金鱼欢欢怎么样?"

那欢说:"爸,毛丰把我的欢欢弄死了,二

傻怕我伤心，又买了一条，你猜买的谁家？"

老爷子说："猜都不要猜，我家的。二傻跟沈局长一样，忠厚之人啊。"

姚六小姐连忙补充："二傻忠厚，毛丰啊，乱头阿爹一个。"

老爷子说："毛丰乱是乱，心里明白，他想自己的事情多。我看看都看出来了，他来我家那么多次了，我这一院子的金鱼，他从来眼毛不扫。"

那欢又给我抛了个媚眼，我连忙站起来说："我早就想看看你们家的金鱼了。"

我回家时从信箱里拿出一份请柬，请我明天去参加一个新闻发布会。封面上一个雍容华贵的东方女性朝人微笑，脸的下半部被一条美丽的金鱼遮住，是那种"犹抱琵琶半遮面"的唐人意境。请柬上有一句口号："杭州——全世界金鱼的发祥地！"

我对老婆说："那欢回来了，要搞一个关于金鱼的大行动，我去捧场。"

我老婆认真地看了看我，好像要检验我够不够得上捧场的级别，最后才说："你的狐朋狗友，跟我有什么关系。"

我说："你要还污辱我的朋友，我就永远睡沙发。"

我老婆又认真地看了看我，突然说："谁说杭州是全世界金鱼的发祥地了！谁说的？胡说八道，害你还少吗？要不是她，你至于落到今天这个地步吗?"

我说:"已经到这个地步了,破罐子破摔吧。"

当我决定把我自己当破罐子摔时,我老婆又把我当百宝箱了。那天夜里我当然不可能睡在沙发上,我老婆对我实施了一番美人计后,正告我:"沈二傻,我警告你,不许跟那个鱼妖旧情复燃。"我说:"你有没有毛病,人家结婚那么多年,出国也好几年了,我想复燃,人家看得上吗?"老婆指着请柬上那个下巴处游过一条鱼的头像说:"你看看,这是新闻发布会吗,这是胡汉三,还乡团打回来了。"

我笑得把被子踢出去老远。我老婆问我笑什么,是不是那欢归来让我乐疯了。我说不是,我是想到今天夜里有多少像我老婆那样的女人发神经,逼得丈夫走投无路。一个那欢,又不是洪水猛兽,至于让男人们的老婆如此坐立不安吗?

我老婆严肃地想了想,说:"二傻,你是最忠诚的男人,连你这样的男人都差一点跟着她去,说明她与众不同。我认为她不是人,她是妖怪,她很可能就是花港观鱼的鱼妖。"

我不敢说妻子说的一点道理都没有,那欢的确给人一种非人的感觉,她的确让我想到月妖花精鱼怪……那欢是可以入《聊斋志异》的。

"杭州——全世界金鱼的发祥地"的新闻发布会,就在花港观鱼的蒋庄召开。我看到许多老熟人，他们多少都有些变化，但那欢真的变化不大，她老远就朝我伸出手来，歪着头笑说："二傻，二傻，我知道你一定会来的。"

她穿着干净利索，不再奇装异服，头发梳成一个东方风格的髻，淡淡的口红，眼角有了一点细细的鱼尾纹。她久久地拉着我的手，不肯松开，她甚至说："二傻，我想死你了。"

"我去看看来参加发布会的熟人，"她仿佛知道我潜意识里想的是什么，凑近我耳朵说，"等一下发布会结束你留下，我和你还有单独活动。"

她身上有一种从国外带回来的香气，有点像藏香，特别刺鼻。我也对她耳语："谁说全世界的金鱼都是从杭州来的？"

她说:"看到我的请柬了吗,那上面都写着呢。你猜是谁的文字——那老爷子的。"

请柬上那一段文字是这样记载的:

中国饲养金鱼的历史已有一千多年。北宋初年人们在杭州六和塔寺后的山涧,放养了天然的金黄色鲫鱼,从此开始了金鱼由野生进入半家化饲养的发展阶段。因金黄色鲫鱼周身鳞片金光闪闪,故自此有"金鱼"之名。自宋高宗在杭州德寿宫内把金鲫鱼养在家池中,金鱼开始从半家化进入家化饲养。自南宋至明代,金鱼又由池养过渡到盆养时期。16世纪初,中国金鱼传入东邻日本,17世纪传入葡萄牙,18

世纪传入美国，以后遍及全世界。

"上面也没说杭州是全世界金鱼的故乡啊。"我说。

"这不就是一种说法嘛，什么话还不是人说的，比如过一会儿就要发布我们那家是金鱼世家，我那欢就是'鱼儿那'的传人。"

"什么'鱼儿那'，我从来也没听你说过。"

那欢笑了，说："还不是建安出的主意。他说杭州历史上有一种专门养金鱼的职业，人称'鱼儿活'。建安变通了一下，我就成了'鱼儿那'。"

"毛丰说你和陈建安会联系，我还不相信。"

"他出狱了，还是我把他给接回来的呢，他老婆早就跟他离婚了。"

"这下你这个国际圣母又有事干了，"我说，"他把你害得还不够？真是不长记性。"

她说："算了，过去了的事情。再说不是你，我也不会认识他。他现在落魄，我们大家一起做点事情，也算是相互帮一把。知道你不喜欢他，我没让他来。说起来你们还做过战友呢，他在监狱里，你一次也没去看他。"

我说："我连好人都没心情看，我还去看坏人？"

"知道，要不怎么叫你二傻呢。"她过去张罗来往的记者。那欢现在的拐杖是一根银色的精致的金属棒儿。她穿一套白领丽人般的碎花春装，说不清是什么颜色。我没进去开她那个什么世界金鱼故乡会，只在外面听她介绍她为什么叫"鱼儿那"。她讲话时可用俏声软语来形容,和她从前的风格很不相同,但她现编词儿的功夫一点也不比从前弱。她说"鱼儿那"这个叫法已有三百年了,跟什么泥人张、什么张小泉剪刀、什么都锦生丝绸性质是一样的,而且比它们历史还要悠久,因为她那跟着清军入关的祖上就是一名养金鱼的高手。她那么现编现挂应该是漏洞百出的,但记者们个个深信不疑,也可能是被她那独特的气质给镇住了。我在窗外看着她优雅地坐定,侃侃而谈:"当我们站在那一尾美丽无比潇洒无比的观赏鱼前时,难道我们的心没有变成一尾鱼吗?难道我们不想急切地游入那春意盎然的水族世界吗?请闭上眼睛想一想吧,当那鲜花落在池水中时,鱼

鱼儿活

《梦梁录》中记载:"金鱼,有银白、玳瑁色者。"东坡曾有诗云:"我识南屏金鲫鱼。"又曰:"金鲫池边不见君。"则此色鱼旧亦有之。今钱塘门外多畜养之,入城货卖,名「鱼儿活」,豪贵府第宅舍沼池畜之。青芝坞玉泉池中盛有大者,且水清泉涌,巨鱼游泳堪爱。

儿争相来啄的样子，这样的景色何处独有呢？杭州！只有杭州！所以我们爱新觉罗家族的皇帝乾隆才会写下这样的诗行：花家山下流花港，花著鱼身鱼嗫花。最是春光萃西子，底须秋水悟南华。"

有一个记者还算聪明，突然发问："关于杭州金鱼的最早记载是什么时候？"这还真是吓我一跳，据我所知，这么具体的问题，那欢是回答不出来的。我靠着窗子听她怎么回答，就见她沉着地说："是苏东坡啊，他写的诗里，有一句'我识南屏金鲫鱼'，这就是关于杭州金鱼的最早记载。"

我真是担心别人再问她第二句，我敢保证她只知道这一句诗，再问就露馅了。只见她淡淡地看了我一眼，突然指着桌子上一只大茶杯说："多少年来，凡我人生中重大的事件将要发生，我就必定带着这只大茶杯。它是我爷爷生前所用的，他是'鱼儿那'传人中最辉煌的一位。他死时杯中盛着一条刚出生不久的五花龙睛，从此凡是我想要做一件大事情，就在杯中养一条小五花龙睛。只要它不死，我们'鱼儿那'的事业就一定能成。这么多年来，我做过许多事情，我的五花龙睛，有死的，也有活的，这一条，出生一个多月了，还活着，非常健康。因此我相信，在杭州开一家大水族馆的愿望，是一定会实现的。"

她这段话说得特别抒情，把真事都说假了。其间，那只大铁杯子已经被记者们传了个遍。

这使我很吃惊，因为那的确就是我童年时看到的大铁杯。我不知道她用什么办法让它保留了下来，竟不曾烂掉。它看上去只是外漆更加斑驳陆离一些，其余一切照旧。此时我感觉她的目光转向了我，她激动而深情地说："请看一看吧，这就是我青梅竹马的好朋友沈平建先生。三十年前，我们两家一起落难，我就是捧着这只大铁杯和他相识的。他可以为我做证，我的大铁杯子里，就盛着一条五花龙睛，是这样的吗，沈先生？"她抬高了声音问我。

完了，我想，我上了那欢的当。我只得含糊其词地说："好像有那么一回事儿。"

"在你和'鱼儿那'度过的日子里，那条五花龙睛果然没有死吗？"

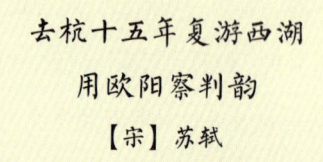

去杭十五年复游西湖用欧阳察判韵

【宋】苏轼

我识南屏金鲫鱼,重来拊槛散斋余。
还从旧社得心印,似省前生觅手书。
葑合平湖久芜漫,人经丰岁尚凋疏。
谁怜寂寞高常侍,老去狂歌忆孟诸。

我点点头，这的确是真的，在我们童年的记忆里，那条五花龙睛的确是不死的。

死在我手里的那欢家的金鱼其实不止一条。那年我从那欢家回校，已是晚自修时间。我拎着一个大塑料口袋，里面盛着那家送的金鱼，那欢还顺手捞了一根水草，说是柳叶草，好养。一片叶子插在砂里就能长成一株水草。一进寝室，就见毛丰独自坐着，看着我就大笑。我说："你笑什么，还不给我弄只脸盆来。"他一边给我找脸盆接水，一边对我说："我就料到你必定如此归来无疑，我看看那欢给了你什么宝贝。"我说："我不懂，不过真是好看，就拿回来了。"

那天那老爷子给我的金鱼，全是龙种，有

两条红水泡，眼睛大得像蛋黄，在水里晃来晃去，还有一条红丹凤，一条全黑的墨龙睛。那老爷子说，按道理我们初养金鱼，不要养太名贵的，比如珍珠、水泡和蝶尾什么的，但我是患难之交，所以要把好金鱼送给我。

此时，毛丰拎起塑料袋要往脸盆里倒，我说不行，自来水是生水，得放一点苏打。毛丰一听就靠到床上去了："看来你和那欢真有缘。"

我说："你这毛猴子不识好歹，我还不是给你打圆场。你们是改革家，我是看客；你们是战友，我是路人；你们是情人，我是老邻居。今日应该你送她回家的，人家还不是为你才上房揭瓦进的班房。"

毛丰突然严肃地回答："二傻，你有没有想

过,其实她还是想改变自己的地位。她创业,还是由自己的利益决定的。"

我真不高兴了,说:"你这时候倒清醒了。"

毛丰说:"我真不应该那么清醒,我都跟那欢上过床了。"他说这话时我正在往脸盆里放苏打,听到这话我耳朵嗡了一下。

毛丰问我:"你怎么不说话?"我怔了半天才说,你跟她都那样了,我真不知道该说什么。毛丰垂头丧气了:"二傻,你没跟女人上过床,我没法跟你说那是怎么回事……不不不,我不是说她在床上不好,她在床上和一切姑娘一样美好……"

我轻吼了一声:"你别跟我说这个!"他看我样子,连忙打住:"我是想说,走得太近了,

[清]佚名　刺绣西湖图册　花港观鱼

才发现距离。"

这时我已经把金鱼们倒进了脸盆,它们在水里自由自在游动着。我蹲着看了半天,什么都没看见,半天才问:"这么说,你真的不会陪那欢去北京了。"

毛丰好像有点吃醋了:"她连这个都告诉你了?"

然后他又好像要为自己的口气道歉似的说:"我肯定不会去了。那欢她们这个层面的人,可以用,但说到底不是一回事。你和她们接触的时间长了就知道了。她们啊,可以说都是乞丐王国的人。"

我也不知道怎么回事,额角一热,上去一把按住了他,叫道:"那你干吗糟蹋人家女孩子。就算人家是乞丐王国来的，人家也是好姑娘，肯为男人舍命的女人，养得出那么漂亮的金鱼的女人。你，你是个什么狗东西，昨天还跟人家睡觉，今天就想扔了人家，你连一条公狗都不如！"

毛丰听了这话，一下子跳了起来："沈二傻，你给我闭嘴！谁糟蹋谁，你懂个屁。你知道她们这些弄堂里的姑娘是怎么样生活的！你傻瓜一个，笨得像脚后跟，你配跳出来替她打抱不平吗？"

一股怒气就喷上来，我端起眼前那盆金鱼，一盆水连带那四尾金鱼，劈头盖脸就泼到毛丰身上。一场混战在方寸之间打得天昏地暗，红水泡、红丹凤、墨龙睛，都让我们当了手榴弹，来回地撞在我们脸上，滑溜溜地扔开了花，发出啪啪啪的响声，然后又都被踩在地上，粉身碎骨成一团泥浆。最后我们各自瘫在床上，毛丰一声不吭，突然捶着床板大叫："沈二傻，我不许你走近她！"

我睡在他上铺，也捶床板："放你妈的狗屁，我爱走近谁就走近谁！"

毛丰刹那间平静了："那你就等着受罪吧，我反正是有言在先了。"

说完这句话他竟然就睡了，一会儿就打起了呼噜。我呢，起了床，把那几条已经不像金鱼遗体的遗体收拾了起来，送到门口一株芬芳的栀子花下，挖了个坑，埋了。

那欢一直和毛丰保持着往来，直到毛丰有一天不再想利用"乞丐王国"。那时他的原始积累已经完成了，但那欢依然不以他的伤害为然。新闻发布会结束，我和她走向公园后侧的花家山时，明确告诉她，我和毛丰已经很多年没有来往了，以后也不想和他有什么来往。那欢拖长声音说："何必呢，都是过去的事情了。"

我讨厌她对伤害她的一切毫不在意的样子。我说你那么宽容，他怎么不来参加你的发布会啊，我料定你给他发了通知。

她说："人家现在是大老板了嘛，怎么可能说来就来呢？我们多请他几次，他总会来的。"

我不想久别重逢就吵架，直说："我很忙，以后也未必有时间参加你的活动，要请你原谅了。"

那欢朝我举起了她那根细拐杖，轻轻打在我的背上，说："二傻，我打你！"

我顺手拉住了她的手杖，这时我们走到了一株桃花树下，正是花开得最浓艳的时候，一片花瓣落在她脸上，然后又落到我们脚下的鱼池中。我心里一热，眼睛也热了，放下手杖说："那欢，你就不要再把我拉到这里来了。"

那欢把手里的面包掰给我一大半，却兴致勃勃地说："走，喂鱼去。"

这是我从前常来的地方，因为那些金鱼。那欢曾经带着我走遍杭州所有可以看金鱼的地方，但我们来得最多的地方还是这里。此地偏于杭州西山，南宋时有个内侍叫卢允升，住在花家山下，私宅名叫卢园。一条小溪流经卢园，注入西湖，水就因了山名，曰花港，地又因为水名，也叫花港。当年的卢园很美，花木也很茂盛，又有水池养了数十条金鱼，来访的人很多，花港观鱼出了名，卢园倒被人忘了。后来几兴几废，现在有金鳞红鲤几万条。这些往事，都是那老爷子告诉我的。

曲桥上人很多，投下一点吃的，鱼儿们哗啦啦全来了，刹那间就染红了半池水，上面又浮着一层落花，实在好看。再看看穿碎花裙子的那欢，真觉得物是人非。那欢一边在水池旁喂鱼，一边指着一条白色底子缀以红黑图案的鱼缓缓地说："你看到了吗，这叫大正三色，是日本人于大正四年培育的，和红白锦鲤一样，都是锦鲤的代表鱼种，从前我在这里没看到过。知道锦鲤吗？记得我从前告诉过你，那是日本人从中国红鲤中改良而来的。不过我一直没有想到，锦鲤还是日本的国鱼。日本人每年还有一次品评会，优胜者还被授予总理大臣奖。"

"怎么老说日本鱼，你不是在拉丁美洲待了很久吗？"我开了句玩笑，她也笑了，一边推着我往人少的地方走去一边说："二傻，我知道你结婚了，有孩子了，知道你老婆凶得很，还知道你被你们机关精简了，你的事情我全知道。"

我说："我知道你在委内瑞拉，在洪都拉斯，在阿根廷，在哥伦比亚，后来听说你到了匈牙利，到了罗马尼亚，不清楚你有没有接见米洛舍维奇……"

花港观鱼的前世今生

壹 / 卢园时期

南宋内侍卢允升在此建造了一座"卢园",宫廷画师创作"西湖十景"组画时将"花港观鱼"列入其中。

肆 / 再次凋零

清末,中华民族陷入危机,"花港观鱼"随着国家的动荡再次凋零。

贰 / 卢园凋零

卢允升去世后,卢园逐渐荒废,此景也随之凋零。

叁 / 重修"花港"

康熙南巡,被"花港"的景色吸引,令人重修,并刻石碑题名"花港观鱼"。其后,乾隆在石碑阴面题刻诗作。

伍 / 扩建"花港"

新中国成立后,重修扩建。"中国现代风景园林之父"孙筱祥主导设计。"花港观鱼"也成为新中国第一个集风景名胜区与公共园林于一体的开放式园林。

那欢用手肘挑逗地搡我一下:"讨厌……"

她总是直接地拿出她女人的武器来,二十岁时这样,四十岁时还这样,让我骤然警惕又心旌摇荡。我回过头来,看到了她眼角的鱼尾纹,我说:"我不相信别人对你的任何传说,说实话,你到哪里去了?"

她细心地喂着红鱼,说:"我只去了一个地方——"

"——你到日本去了。"我接口说。她晃晃脑袋,又用手指点了点我的额头,说:"二傻,你可真是一点也不傻,我找你找对了。"我连连摇手说:"别对我动手动脚,我可是正人君子,不参加你们乌合之众的鬼把戏。"

她退后两步,用拐杖点着我的鼻子:"住

嘴，不准说我们是乌合之众。这一次绝对、绝对、绝对是一个大事业，一个机会，一个改变我们生活的大平台。二傻，你参加也得参加，不参加也得参加！"

她说这话时的神情一点也不像已经是历经沧桑的中年女人。我说："那欢，你在日本待得下去就待下去，你回国来干什么？"

她嗲嗲地向我宣布："现在是回国发展的大好时候，我们在国外的人都已经意识到这个历史的机遇了。中国马上就要进入WTO了，杭州很快就会成为世界大都会。在这个城市里，我们一定要有自己的位置。你，我，我们怎么能够作为一个旁观者呢？二傻，应该行动起来了，现在动手还来得及。毛丰做得到的事情，为什么我们就做不到?"

她依然和她年轻的时候一样错位,我不知道她错在哪里,但我知道她是错了。我说:"昨天夜里你又参加什么创业论坛了吧。"

"那倒也不是,"她一本正经,仿佛我的话里没有讥讽,"我参加的是类似财富论坛的网络对话。"

我说:"统统都是泡沫!"她微笑着承认:"是泡沫啊,不过泡沫也是水的一部分嘛。"我说:"社会就是让你们这样的一部分水弄糟的。什么'鱼儿那',这么多年你还没改了胡说的坏习惯。"

"哎,这可是个成功的创意,是我们筹建世界观赏鱼会馆的第一个抓手。"

"什么抓手创意！这些词汇都是从你那个陈建安嘴里出来的。"

"用人所长嘛，你管它是从哪个乌龟王八蛋嘴里出来的，只要对会馆有用，我什么人都能接受。"

"他把你害得还不够吗？要不是他，十年前你会进去吗？"

"那倒也是，这个家伙，就是骨头软，没几下好吓。"她轻轻地摇着拐杖，乜斜着看我："不过谁也不如你伤害我深啊。"

"我！"我气急起来，我不知道该说什么，又实在不想旧事重提，闷了一会儿，才冒出一句话："谁伤害谁啊。"

她就轻轻地拍着我的背，说："行了行了，

[清]关槐　西湖图

生什么气啊,能看到你就是我的造化了,我想你想得不可告人呢。"

这话我明媒正娶的妻子从来也没有说过,也就是那欢才说得出口。我想我和绝大多数男人一样,听到这样的话心就软了。我说:"欢欢,你让我留下来,就让我听这些啊,我可是没有资格再听你的这些甜言蜜语了。"

"哪里的话啊,我是让你陪我去小花港,捞金虾儿去啊。"

她一跳,顺手就从头上的柳树上拽下一根柳条来,剥去外皮,绕成一个圈,然后就三绑两绑地绑到了她的拐杖上。说话间我们已经到了小花港,也就是公园后门的一条小河,两岸长着蔷薇,正含苞欲放。她看看我说:"还记得吗?"

这是我们十岁那年第一次来捞金虾儿的地方。这地方水比较干净,现在正是鱼虫繁殖的旺季,又加上天气闷热,鱼虫就浮了上来,水面上呈现出一道棕红色的网状体。她一把抓住我的肩膀,翘起她的那只好腿,甩了皮鞋,三扒两扒,扒下丝袜,雪白的小腿肚一闪,让我想起刚才花港池中的白鲤鱼。我说:"你干什么,你总不至于下湖游泳吧。"

"你不要说,再过两个月,我们真的可以横渡钱塘江去。"她笑嘻嘻地说着,眨眼间已经用丝袜做好了一只捞金虾儿的网袋。我说:"不行不行,天气还凉,你的腿又不好,还是我来……"

她说:"你不行,还是我来。"

我说:"那也不用那么急,到岳王路市场上去买吧,你能要多少鱼虫。"她看看我说:"你以为我就会当拆白党,我们已经行动起来了。"我问她行动什么。她说:"养鱼啊,各种珍奇品种啊,光我们家那些品种怎么够,陈建安已经养了两个月鱼了。"

我听了这话简直要笑出来了,好半天才说:"闹半天一个鸡蛋的家当啊。"

那欢一点也不被我的冷嘲热讽所触动,她一边兴致勃勃地捞着金虾儿,一边说:"实际上鱼多鱼少不是主要的,主要是通过那么一个展示,提供那么一个说法,那么一个理念,最最主要的,是要有一个大的场所,二傻,你看花港公园是不是可以通过重新改建,整合成一个

题西湖十景·花港观鱼

[清] 爱新觉罗·弘历

花家山下流花港,
花著鱼身鱼嘬花。
最是春光萃西子,
底须秋水悟南华。

世界观赏鱼会馆呢?"

我还来不及说什么,只听扑通一声,那欢就掉到水里去了。水并不深,但也够我们折腾半天的了。我把她捞出来时,她顺理成章地依偎到我身上。我老婆警告我不准发生的事情终于发生了,她搂着我的脖子,眼泪汪汪地说:"二傻,你帮帮我吧,反正你现在没有事情做,跟我们一块儿干吧。"

我叹了一口气,说:"我能帮你做什么呢?"

"你给我到毛丰那里,把这个项目谈下来。"

我说这万万不行。她湿淋淋地靠在我身上,这时我已经怀疑这一切都是她精心策划的。她说:"二傻,我求求你,我就想在西湖边做一件自己的事情。你跟毛丰去说,让他投一笔钱,让我在这里开一个观赏鱼会馆,你就说这是你的主意。他听你的,我知道,我知道的。"

她十句话只可听两句,但没有用,我迷恋她。

我到底还是去找毛丰了。严格地说,不是我去找毛丰,而是毛丰来找的我。他给我打电话,我不在,我老婆接的,说是他有要紧事情找我,他要请我吃饭。我老婆看上去很平静,其实很激动。毛丰太有钱了,他才是参加财富论坛的那一族,别人大多是新贵,他是新贵老贵一起算。他请我吃饭,可以类比于总统接见。可我不想去,我既不想到他手下打工,也不想替那欢游说。

但毛丰的电话又来了。这几年他深居简出，不与媒体有任何交往，越来越显出大人物的神秘。如此急召，必有大事。我还在犹豫，推辞说我病了。毛丰说："行了，来吧，那欢说你有要事找我。"我说："狗屁，我有什么要事。"他说："我知道，实际上是她有要事找我，你来吧。"

我们就这样又见了一次面。他张口就说："二傻，别啰唆，我的人事部空了一个位置，你马上来报到，年薪五万。"我也马上回怼："毛丰，别啰唆，我不会来的，我不想参加你的财富论坛。"他又说："我求你了还不行吗？你这穷酸臭知识分子，架子摆到这时候也差不多了，你还真的想等着你老婆把你赶出来。"我说：

"被我老婆赶出来也比在你眼皮底下晃来晃去强。"他想了想,说:"我知道我脾气不好,不过对你我会手下留情的。"我说:"不是你脾气不好,你基本上就是一个独裁者,我怕和你在一起,落不得好下场。"他笑了,说:"二傻,你对自己估计也太高了。"

我问他要了一根烟,我已经戒了烟,是被他这个问题弄得破了戒的。抽完这根烟,我单刀直入,说:"帮那欢一把吧,你毕竟爱过她。"

他的脸一怔,声音突然就冷了下来:"别开国际玩笑,上过床和爱,风马牛不相及。"

我把烟蒂拧在他的烟灰缸里,在心里当拧在他脸上,我说:"那么多钱也没有把你教好,你还是那个王八蛋!"

他也无比尖锐地回敬我:"那么落魄你也没有变聪明,你还是被人卖了还帮人家数钱的沈二傻。"

幸亏不在饭桌上,我站起来要走,不过也没忘记再给毛丰一击:"毛丰,我与你交往一场,终于发现,你还不如一条五花龙睛。"

他一把抓住我,他真生气了,我知道他是一个非常容易动怒的人,而且猜忌心很强,这一切都写在他的脸上。他说:"沈二傻你这蠢猪,你以为那欢就那么容易出的国,不是我帮忙,我出钱,我疏通,她能出去?她出去,连她丈夫也一起跟着走,你以为这是天上掉下来的好事情?都是我帮她办的。现在她又回来了,又要做事情。她永远离不开她那几缸鱼,她的

"花港"曾经没有花?

诸璧在《发花港》诗中说:"西湖处处栽桃李,花港如何不种花。"花港为何无花?那是因为"花港"是花家山的一条清溪,这条小溪自西向东汇入西湖,溪因山得名"花港"。改造后的花港观鱼公园,开辟了牡丹园、芍药圃等景区,成了名副其实的"花港"。

事情就是鱼的事情。二十年前她就在这条起跑线上，现在她一点都没有挪窝，她还在鱼缸里打滚。平建，你要还跟这样的女人鬼混在一起，你就彻底完蛋了。"

我听得如凉水浇顶，正想不出词儿来回敬毛丰，毛丰的手机响了，他接着电话，脸色努力缓下来，一边说："正和平建谈着呢。再说吧，我考虑考虑，是个好事情，论证一下再说。"他把电话递给了我，真是天晓得，竟然是那欢打来的。她在电话里温柔地说："二傻，太委屈你了，让你帮我做这样的事情，你回来吧。"我说："行了，你的事情到此为止了，你爱找谁找谁去吧。"正要挂机，她在那边带着哭腔说："二傻，我的金鱼正在人工繁殖，身边的人手不够，你快过来吧。"我看看毛丰，对着电话筒，尽量平静，但还是有些失控："你几岁了，你年纪都快半百了你还在这里哭什么呀你，等着我过来，我过来也没有用，我又不懂人工繁殖……"

我把手机还给毛丰时，毛丰突然笑了起来，说："二傻啊，你股票又套牢了。"

我也心平气和了："毛丰，那欢太不容易了，她想做这个项目也是好事，对女人你不要太狠。"

毛丰一边送我下楼，一边说："商场上没有女人男人，只有母狼公狼。我也不是不愿意帮助那欢，但是她周围的人社会形象不好。你懂不懂？事业发展到一定的阶段，公众形象代表的可信度就太重要了。她心太高，位置又太低，二十年前拼一拼或许还可以拼出来，现在不行了。你看她周围都什么人，那个陈建安，刚从牢里出来几个月，你说这样的人能摆到台面上来吗？"

我长叹一口气说："毛丰，你比我更知道，她真的是喜欢她的那些鱼……"

毛丰回答："那就老老实实在岳王路摆她的金鱼摊吧，二十年摆下来，现在也卓有成效了。再见。人事部的位置，三天之内给我回话。"

不得不佩服毛丰的预见，我一到那欢家就被她套住了。这是个新建小区的一楼，当门就贴着那张"全世界金鱼故乡"的张贴画，半张女人的脸和一条金鱼钉在墙上,越一本正经越令人悲哀。那欢神秘的眼睛后面有我看到的勉为其难。客厅里因为没有什么家具,所以看上去还挺大,到处摆满了盆缸,还有塑料管子,满地湿淋淋的,那欢正盯着一个盆子看,见我来了就叫:"建安,救兵来了。"里屋就出来一个中等个儿的消瘦男人,头发还没有完全长长,一看我就说:"平建,我手上都是东西,不招呼你了。"我说:"你们还真养起金鱼来了。"他说:"出来两个月了,不养金鱼干什么?"

那欢哪里还让我们多说话,扔给我一件白大褂、一副塑料袖套,就赶鸭子上架地叫我干上了。我说:"你们让我干什么呀。"那欢说:"简单得很,看见了吧,这几条鹅头红已经发情了。雄鱼盯着雌鱼追；雌鱼呢，已经有少数卵子排出来了，这时候你就把它们双双捞出来，放到这只干净脸盆的清水里去。看到了吗，让它们的这两个生殖孔对住……"

她边说边做，一本正经，我忍不住看看陈建安。他对我说："一开始我以为很复杂，其实不难。"我问他："你们开鱼馆就开鱼馆吧，怎么还搞这个名堂，你们这样不是跟岳王路摆金鱼摊差不多。"陈建安说："本来就是差不多的，不过事情做得成，就把场地换一个，从岳王路搬到花港观鱼去。"我看看他，他那双桃花眼现在已经布满了细细的皱纹，他的精致的女人一样的嘴角耷拉了下来。从前就是这两样东西把那欢的心迷了去。我说："再过半年就开西博会了，能行吗？"

陈建安回答："那欢说行。"

那欢一边小心翼翼地给金鱼们配着对，一边说："行，行，一定行，一定要有信心。毛丰不是已经说了可以考虑，是一件好事情吗？二傻，快别说了，你看那盆红玫瑰，也已经发情了。快，你快看看温度表，几度？啊，22度？差不多了，23度的水孵化最好。水草够不够，你快看看，水草够不够啊……"

陈建安蹲在那里，一会儿扑到东一会儿扑到西，看上去个子就矮了许多。我两手浸在水里，金鱼们飘逸的尾巴滑过我的指缝，恍然若梦。那欢在我身边叫了起来："快啊，用手轻轻地挤，中指顶住鱼肚子，轻轻地抖……"她不让我再想下去了。

在部队时我和陈建安并不太熟,他是营部的文书,我在特务连,没多少往来,只知道他是一个生性活泼的人。我回来上大学之后,他在部队还提了干;我大学还没毕业,他转业到了杭州机关大院。就像我通过毛丰与那欢久别重逢一样,陈建安是通过我认识那欢的。

我并不知道陈建安有什么背景,但在当年住房十分紧张的情况下,他在杭州又没什么亲属,竟然分到了一个小套,这是十分蹊跷的事情。不过我没想那么多,他给我打电话,让我到他那里去坐坐,我就去了。那个小套很让人羡慕,虽然没什么家具,却是一个自由的所在。阳台上还放着一个空空的玻璃鱼缸,陈建安说是他看着喜欢买的,但他不知道什么时候能够配上金鱼。我就说可以带他去见一位熟人,她家里或许能帮他配到。

那时候我和那欢来往挺多,一般来说我总是担任她的司机,用自行车后座。她很忙,常有过往的"改革家"找她,她得安排住宿,请他们吃饭,把她自己的腰包掏光之后,顺便也掏光了我的腰包。她没有什么正常收入,但时不时地也会有一些额外的补贴,主要是倒卖一些鸡零狗碎的东西。她的气魄很大,总能让那些大人物对她另眼相看,他们和她告别的时候,会慎重地告诉她,一旦机会成熟,立刻把她召往东南西北,共图大业。我怎么看都觉得他们更像是在水泊梁山忠义堂。我开始明白毛丰为什么突然快刀斩乱麻，不再和这些人来往了。

那欢几乎从来不提毛丰，提到时也轻描淡写，她从不说毛丰的坏话。我看不出她有什么伤心的地方，仿佛她习惯受伤了。

陈建安第一次到那欢家去，我实在看不出来他和那欢有什么猫腻，那老爷子依旧躺在竹椅上夸夸其谈，临走前那欢陪陈建安挑金鱼儿。我记得陈建安还说："你说了算，你说什么样的漂亮，我就要什么样的。"结果那欢给他选了一条全红珍珠，一条弓背红白寿星头，两条红黑蝶尾龙睛，那可都是珍品。陈建安又问该怎么养，那欢说要给它们吃金虾儿。陈建安说："你带我去找。"接下去情况就发生了变化，事后我想起来，实际上从第二天开始我就被解除了义

[法]埃德姆·比亚尔东-萨维尼
18世纪中国的金鱼

务司机的角色，那欢不再找我了。我曾经去过陈建安那里几次，他都和那欢在一起，一口一个欢欢，还嗔怪着说："欢欢，我给你买的早点，怎么你到这会儿还没吃。"这时候我才知道，那欢的早餐也已经由陈建安承包了。

去北京的护花使者自然也被陈建安替代，陈建安说他在北京有亲戚，他可以帮那欢省钱。那欢仿佛没有觉得这对我会有什么伤害，她说："二傻，这下你解放了，我把笼儿套到建安身上去了。"我想说，我没有认为这是笼儿，但我来不及说。那欢的眼睛就那样亲切而痴迷地盯着陈建安，而陈建安看着那欢的眼神，可以说是色眯眯的，是不可告人的。

那欢在北京一无所获，回来后第一天我到

那欢家去，姚六小姐说她不在家，估计在陈建安那里。我当时感觉真的很不好，找到陈建安处，陈建安来开的门，手里提着一个茶壶。接着那欢就提着她那一头湿淋淋的卷发出来了，见了我就说："二傻，快，快去看阳台上的鱼缸，我们从北京带回来两条红玫瑰。"我看着她湿淋淋的很家常的样子，难受得头嗡嗡直响。她怎么可以这样？她可一点也没有在乎我的反应，顺手就给我拎过来一双拖鞋，她身上还围着一条围裙。从任何一个角度看，她都是一个主妇。我是怎么走到阳台上去的？不知道，我昏了，几乎可以说是一头栽倒在鱼缸前。那欢有些吃惊，扶住我问："二傻你怎么啦？"我低下头来，看到了一鱼缸的红金鱼，我问："这就是红玫瑰啊……"

不大清楚我是怎么走的,陈建安送我出来,他有些惊慌,对我说:"其实我和欢欢没发生什么实质性的事情。"

我问:"什么是实质性?"

他回答不出来。他和毛丰一样,都把上床当作实质性的了。

得承认有一段时间我的确很沮丧,毛丰也看出来了,但他非常残酷,他无情地嘲笑我:"引狼入室!"我冲上去要跟他搏斗,他敏捷地闪开了,微笑着说:"二傻,听我一句话,你不是那欢的对手,不要被她玩弄于股掌之中。"

有天傍晚,我记得那时我已经快毕业了,

我正在学校操场上打篮球,那欢突然出现在学校的篮球场旁。她非常出众,和清汤挂面的女大学生相比完全是另一番风光,黑发高高地盘在头上,大朵的卷发挂下来垂在一边的面颊旁,她看上去风情万种。她拄着拐杖,穿一件白色的海军蓝连衣裙,就像《钢铁是怎样炼成的》当中的冬妮娅。她朝我们扬起了拐杖,看上去忧郁和兴奋兼而有之。毛丰也在球场上,一种原始的情感让我们同时放下篮球。整个球场安静下来,大家的眼睛这时都在我们身上了,我看得出来毛丰那一刻的虚荣心几乎和我旗鼓相当。但那欢几乎毫不犹豫地盯住了我,叫了我一声:"二傻!"

我扔下篮球,在一片嘘声中下场,我感受

到刹那的满足，这满足到我跑至那欢身边后已经变成了尴尬和惶恐，我已经很久没有和她来往了。她旁若无人，轻轻地踮着脚，拐杖清脆地点着校园的鹅卵石路，卷发一晃一晃地闪在她眼前。她好久也不说话，这是史无前例的事情。

我说："你有什么事情，你就说吧。"

她跛着腿走，说："我只有来找你了。这样的事情我是不可能找毛丰的。"

我说："你说吧，凡是我能做到的，我都会做的。"

她说："今天夜里借我当一下男朋友吧。"

我说："这是干什么，你不是有陈建安吗？"

她说："陈建安的未婚妻来了。"

六和寺的金鱼

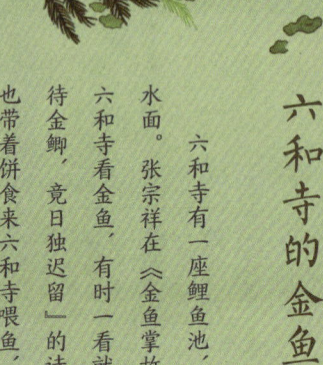

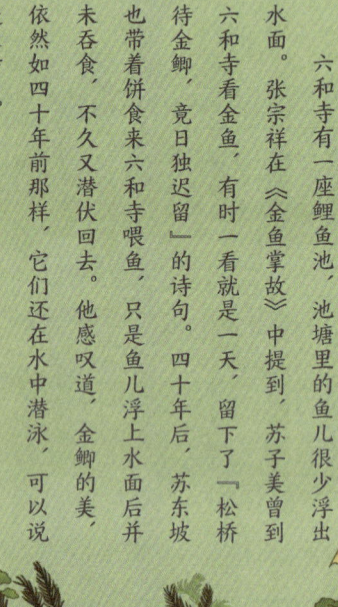

六和寺有一座鲤鱼池,池塘里的鱼儿很少浮出水面。张宗祥在《金鱼掌故》中提到,苏子美曾到六和寺看金鱼,有时一看就是一天,留下了"松桥待金鲫,竟日独迟留"的诗句。四十年后,苏东坡也带着饼食来六和寺喂鱼,只是鱼儿浮上水面后并未吞食,不久又潜伏回去。他感叹道,金鲫的美,依然如四十年前那样,它们还在水中潜泳,可以说是长寿了。

我睁大了眼睛，盯着她，她也盯着我。突然，她大笑起来，用拐杖的头拄住了肚子，我也笑了起来，心里悲凉。

原来陈建安是有未婚妻的，而且是一位大官员的千金，陈建安这才有可能进入杭州又分到房子。他未婚妻还在部队，大概是听到一些风声了，突然赶到杭州。陈建安骗她，说他和那欢只是一般的朋友。他未婚妻自然不会轻易相信，陈建安只好继续撒谎，说那欢是有男朋友的。那高干的女儿是个厉害的家伙，今天夜里在家里组织了一个小型家庭舞会，让那欢把男朋友带去。那欢一时到哪里去找人呢，她就想到了我。

我说："陈建安是个王八蛋！"

"是个王八蛋。"她同意我的诅咒。

"是个王八蛋你还帮他打圆场！"我生气地盯着她，"我不给你背这个木梢。"

那欢不慌不忙地说："可是他并不爱她。他们之间原来就是她死追着他的。"

我说："简直智商低下到极点。他不爱她，那还不简单，又没有结婚，跟她分手就是了，还要你来演一场什么戏。"

她说："他是说要和她摊牌的，是我不让他这样做。他太不容易了，从山里一个小镇奋斗到今天，太不容易了，不能为一个女人把什么都毁了。"

我再一次盯着她，她的脸色苍白，她故作镇静的黑眼睛正在颤抖。我说："欢欢，那你怎么办？"

她一笑，比哭还悲惨，说："我担什么心，追我的人排长队。"

"那你找追你的人搭档去。"

她一把拉住了我："二傻……我就要你嘛……"

我站住了，看着她，我想起了毛丰的话——不要被她玩弄于股掌之中——我叹了口气说："要去就快去吧，再晚一会儿我就又得改主意了。"

她不看我，两眼茫然地盯着虚空，她不再戴夹鼻的眼镜了。她说："你要是改主意，我就死定了。"

这就叫物是人非。那欢敲开了陈建安家的门,他的高干女友出来了,热情地给我们递来拖鞋,我记得这正是那欢上一次对我的动作。她对着我耳语:"她脚上那双拖鞋是我的。"我说:"她身上那件围裙也是你的。"女主人手里拿着根细细的吸虹管,兴奋地说:"建安正在教我怎么样把鱼缸底下的杂物吸出来,走,一块儿瞧瞧去,我们家的金鱼挺漂亮。"那欢亲热地挽住我的手臂,仿佛是要平衡听到这话时的沉重打击,再次对我耳语:"用吸虹管吸鱼缸里的水——"我不让她说了,接过话头:"那还用说,当然是你教他的。至于金鱼儿,我可以做证,都是我在场的情况下,你亲自给他挑的。"

她一直保持着很得体很大度的姿态,陈建

安像一只地老鼠一般尽可能地缩在厨房里不出来。万般无奈时他出场，桃花眼偶尔也讨好地朝那欢瞟一眼，想做一点和那欢心照不宣的暗示，结果力不从心，反变成一种可怜巴巴的哀求。那场景实在叫我看了憋气，我想告辞了，那欢让我跳一会儿舞再走。我说："我从来不跳舞。"她拉起我的手："二傻，陪我跳一会儿舞吧。"

我很少看到那欢不绷着自己做人的时候，这回算是一次。她的声音和手都在颤抖，我知道这次她真是伤心委屈了，拉她起来说："你得带着我啊，我可是只会走路的。"她一声不吭，就抱住了我的腰，把脸埋在我的怀里。我的心訇的一声放大了，填满整个胸腔，她的脸就埋在我的心里。她摇啊摇的,在我怀里哭了,抽泣声很轻,我的衣襟全湿了。

陈建安在屋子的那一头,绝望而又嫉妒地摇晃着,他的女友很满意,正幸福地依偎于他怀中。我悄悄地拿起那欢的手杖,我们摇到了阳台上,我一扬手,把那个金鱼缸砸得个粉身碎骨。那欢头抬一下,又埋了下去。周围的人都过来了,女主人显然有些不高兴:"这是怎么回事?"那欢抬起头说:"瞧,我的腿不好,绊的。"

陈建安拿了一只大铁杯来,正是那只那欢用来藏过大印的铁杯,要把倒在地下挣扎的金鱼捡起来。她女友惊奇地说:"怎么这里还有一条。"

是一条五花龙睛，翻着白肚，半死不活的样子。陈建安说："我忘了给它换水，要不要放点盐，试试它会不会活过来？"

那欢捞起这条鱼，一下子就扔到老远楼下不知什么地方，然后平静地说："救不活了。"

现在，那欢真的是缠上我了。从陈建安家人工繁殖完金鱼回来以后，她开始三天两头地给我打电话，一会儿让我陪她去商标局，一会儿是工商管理局，一会儿是企划，一会儿是房地产公司，全都虚得很。二十年过去了，她仍然在打空手道。我老婆对我的怀疑也日益加深，每天晚上她都要跟我激辩，问我为什么还不到毛丰那里去报到。我告诉她基于我对毛丰的了解，老熟人在一起对双方都不利。她怒目圆睁喝道："胡说，都不是理由，你不是被那条鱼妖缠住，绝不会晃到今天还没有着落。"我躺在沙发上说："是的，我是下岗了，是被社会淘汰了，我是小人物，你要我怎么样？"

我老婆就叫起来："我要你穷则思变，我要你打起精神来给老婆孩子挣钱去。"

我说："我想到岳王路卖金鱼，我会养金鱼。"

她大笑："你敢！你今天去我明天就跟你离婚。"

我说："离吧，反正我也养不活你。"

她又大笑："沈二傻，你别想打你的如意算盘，你想和我离婚和那鱼妖混到一起去啊，我不会让你的阴谋得逞。"

我已经被日子锤炼得油盐不进，我已经不那么容易会被激怒了，我说："像你这样的女人，本来是配个毛丰才相当的，现在居然死活愿意和我这个穷光蛋在一起，我得意都来不及呢。"

老婆悲哀地看着我："二傻，我不理解你。"

我说："我也不理解我自己。"

那天半夜里，电话又打来了，我老婆敏感地跳起来就接，张口就骂："你这臭恶心鱼妖，我叫你再来骚扰我们……"接下来她不骂了，把手机交给我说："是个男的。"

电话是陈建安打来的，说老水回春了，要紧急换水，他身边又没人，只好麻烦我了。我听得头皮发麻，知道这肯定又是那欢的主意。

老水回春也是我才知道的新名词，原来养金鱼还有生水老水之分。老水是鱼缸或鱼池中清洁而呈嫩绿色、绿色、老绿色或绿褐色的水的统称，其中以嫩绿色为最佳。老水养金鱼是最好的，特别是嫩绿色的老水。但有时老水会突然变成清水，这种水特别容易引发鱼病，没有经验的人，往往会看不出来。这次那欢跑到上海花鸟市场去了两天，估计陈建安就抓了瞎。不过我内心实在是不想跟那欢的这些破事再搅在一起，尤其是跟陈建安搅在一起。我说："有什么事情明天再说吧。"电话那头突然换成了那欢的嗓音："沈平建，不到万不得已，我不会在半夜三更打搅你。我的珍贵鱼种再不抢救就要死了，你帮帮我吧。"

她一直就叫我二傻,叫我大名说明距离,也说明事关重大。我看看我老婆,老婆说:"沈平建,你敢去!你跨出这一步试试看!"她也叫我大名了。

我顾不上这夹缝中的战斗,披上件衣服就跑了。我老婆在我身后给了我重重的关门的一击,随即带着一声尖叫——出去了就别想再回来——我听得耳熟,好像许多电视连续剧都那么编排,我也落到这一步了。

把那些回春的老水放掉,再换上新水,两个小时跟打仗一样过去了。我第一次发现那欢养了那么多的金鱼、热带鱼,还有锦鲤。锦鲤养在院子的水池里,它们倒没有受到老水回春的伤害，悠闲得很，仿佛对今年秋天的鱼馆深信不疑。金鱼和热带鱼养在屋子里，搭起了架子，架子上一盆盆一缸缸的鱼儿，地上湿成了一片。陈建安一边扫地一边说："我真没想到金鱼犯起病来那么快，有几条焦尾和得气泡病的，我把它们捞出来了，放在冷水里，它们看上去挺好的，没想到一下子就都不行了……"那欢挥挥手说："不怪你，我养金鱼儿那么多年，有些毛病还看不出来呢。你休息去吧。"

陈建安刚走，她就问我："二傻，现在已经四点了，一会儿就天亮了，你怎么打算？"我说："认识你那么多年，没见你发过脾气。"她就沿着架子间的过道慢慢走着，拐杖点在地上的声音，像马在行走。她说："发脾气有什么用啊，那老爷子说了，凡事要想得开，要沉得住气。"她回过头来用拐杖指指墙角边那张单人沙发，说："你就在这里坐着，陪我一会儿。我得看看，这些鱼还能不能够活过来。"

她把鱼缸边的灯都关了，只开着两边两盏日光灯。她穿着那件碎花裙子，一摇一晃地在过道上巡视着。我离她远了一点，看到她在两道玻璃金鱼缸间飘过的身形，一会儿拉长了，一会儿压扁了，她看上去就像在哈哈镜里。不过那哈哈镜是花的，色彩斑斓，把她和镜子里的物像全都混合在一起了，她自己就更像是一条大金鱼了。我叫了她一声："欢欢……"

她边走边说，好像没有听到我叫她："……没关系，看样子能够活过来了。刚才我真是吓坏了,这批东西是我花了好多力气才收集到的。你叫我干什么,是不是想睡一会儿。小房间有一张床,不过建安睡了。他也吓坏了,监狱把他给关怕了,也好,从此他知道王法了。"

我说:"这几年他钱挣得不多,吃喝嫖赌样样不缺,出出进进好几次了,他这样无情无义无法无天的人,他能怕什么?"

"他当然害怕。从前是靠他老婆的娘家撑着,现在靠山没有了。"

"他就别转头来又靠你了,想过没有,你靠谁?"

"我靠这些鱼儿啊……"她回过头来,黑乎乎的一个剪影,"我是'鱼儿那'的传人嘛,有这些鱼我就有希望。"她慢慢地走着,如数家珍般地细声细气地说着:"你看这批热带鱼,这批珍珠马三甲是从海南运过来的……这两条鸳鸯神仙鱼,也快要生子了……你看这几条,七星刀,你看像不像刀……这条德国三色……你看这一大批,这是七彩神仙……它上面的是神仙鱼,都是神仙,品种是不一样的……别小看这群小不点儿,它们叫花虎皮,还有那下面的,你看到了吗,像海魂衫一样,它们叫九间菠萝……你在听我说吗?"她停住了,回头问我。

我打起精神来回答:"我不听你说我又能怎么办?我又不能现在回家,我老婆把我赶出来了。欢欢,你实在是害人不浅啊。我真是弄不明白你,年纪也不小了,你还折腾什么呀。"

她缓缓地滴笃滴笃地朝我走过来,手杖在

暗夜里银光闪闪。她走到我身边，长叹一声："二傻，我不到位啊，我二十年不到位啊……"

我还没弄明白怎么回事呢，她轻轻一倒，已经坐在了我的膝盖上，十年前的暧昧的气息排山倒海迅雷不及掩耳地朝我袭来——我老婆说的是对的，那欢的确是妖精。

但我不可能给她更多的东西了，我只能提供一副膝盖了，我让她坐在我怀里，说："你不怕我把你推出去？"

她打了个哈欠，眯起眼睛，像是在勾引我："二傻，我不甘心啊，我真是不甘心啊！"

我说："你到底要干什么呢？你是要你的鱼呢，还是要鱼给你带来的世界呢？"

她说："这有什么区别呢？"

我说:"你要你的鱼,你老老实实地养,你没有不到位的。你要鱼儿给你带来的世界,你要什么世界呢?你要有钱有地位,你要有尊严,你以为光靠你的这些金鱼儿就能实现吗?"

她把她的眼睛几乎贴在我的眼睛上,手里的那根手杖忍不住急切地跳起来击打着地面:"所以啊,光靠金鱼是不行的啊,所以要有毛丰和你来帮助我啊,所以要创业啊,要趁势啊,要一步到位啊。"

"你不知道你是不可能一步到位的吗?"我冷静地或者说是冷酷地向她指出。她一点也不惊讶:"我当然知道。我十岁的时候就知道了。哪怕我们已经住在同一个厕所里了,爬到茅坑底下去的还是我这样的跛足女孩啊。"

[清]任颐　紫藤金鱼图

她这话一下子把我的瞌睡说没了，我腰板挺了起来："你连这些都记得？"

她扭了一下我的鼻子，亲热地笑着说："你以为我是痴呆儿吗？我是奴才吗？你以为我是贱货吗？我心比天高命比纸薄吗？我跌得倒爬得起不知道痛吗？"

然后她离开了我的膝盖，小声而急切地指着满屋子的鱼缸："我让陈建安过来一起干，你们看不起我了吗？你们弄错了，我和陈建安是一样的人，我们是一缸里的醋，一道里的货，我们都是在茅坑底下的人……"

她的话让我不安地站了起来，我说："那欢，欢欢，我不是这个意思，我是说，有的人伤害你，你却不在乎……"

"你是说我那么多年一直没有跟他一刀两断——你是这个意思吗?"

"是的!"突然我也火了起来,我走到另一条过道上,对着满缸正在黎明前的黑暗中休养生息的美丽的鱼儿,向她倾倒我的怒火:"起码你知道他有未婚妻后就不该再和他搅在一起。你们合伙办了八年公司,出出进进一会儿拘留一会儿避难一会儿崛起,你们折腾多少回了?"

那欢强硬起来:"他不是个好人,自私,软弱,好色,意志薄弱,我都知道,但他爱我。他为我付出了很多,他本来可以是一个本分的机关公务员,他是听了我的话才去改变自己的命运的。现在他倒霉了,我不能看着他倒霉不管,我就是为他从日本回来的,那又怎么样?"

我站起来就往外走,走到门口正要开门,肩膀上结结实实挨了她一杖。我回过头来,夺下手杖,低声地咆哮:"你还想要干什么?"

我第一次看到她气成这样,她的脸色在日渐清晰的晨曦中白里发青,因为熬夜,她憔悴得老掉了。她说:"我想让你看看我是怎么发怒的!"

说完这句话,她用手杖的手把拐套住了我的脖子,把我拉回到了沙发上,然后一把将我推倒在沙发上。我们彼此可怕地喘息了一会儿,那欢才说:"对不起,我不该打你。"

我说:"告诉我,你是不是离不开那王八蛋?我只想知道这一点。"

她犹豫了好久,才说:"他和我是一样的

[清]虚谷　杨柳金鱼图轴

人，我们都想一夜改变命运。"

"那你说我是什么样的人？"我又问。

她哭了，突然扑倒在我的腿上："二傻，我知道我和你们是不一样的，你们生来就有的东西我要拿命去换。我除了我的金鱼什么都没有，所以我不能忠于你。我不能和你在一起，因为你会抛弃我的，就像毛丰一样，连眉头都不皱……"

我真不知道怎么回答，只好说："是你离开我的啊，你明明知道，是你离开我的啊，你伤害我伤害得还不够吗？"

"二傻，你真是二傻吗？"那欢突然抬起头来盯着我问。她的话里有话，她又站起来，走到鱼缸边上去了，她站了一会儿才说："你知道我是怎么到日本去的吗？"

我说："我知道，是毛丰出钱让你走的。"

"你那时候还没结婚吧，你的女朋友那时还没和你定下来，她是听说了我和你的关系后才去找的毛丰的，她说她要把你从地狱中拯救出来。我就是她眼里的地狱。毛丰是带着这个条件让我离开你的。实际上他不用出那么高的价钱，他不安排我去日本，我也会离开你的，只要你愿意离开我。"

"我不愿意离开你……"我冲动地跳了起来……

"你愿意的……你离开了……"

"那是因为你和别的男人……"

"如果是我，你有一百个女人我也不会离

开……"

"这是什么道理!"

"这是没有道理的！我爱我的金鱼儿，那是有道理的吗?"她扔掉了手杖，跛着足走到我的身边，轻轻地把脸贴在我的怀里，说："二傻，我想过，有一天我要和你们平起平坐，现在我做到了，但不是我上升，而是你下降了。现在我们是一条起跑线上的人了。我不用只想到把养好的金鱼送给你玩，我可以想到让你来养我们的金鱼了。现在这些鱼都是我们的了，是我们共同的鱼了……"

她像一条鱼一样地开始吻起我来，我很快就被她弄迷糊了。我想着赶快跑，赶快跑，千万不要被她玩弄在股掌之中……但我的身体不听我大脑的话，而且我的头脑开始缺氧。就在这时候，她跳了起来，离开我的怀抱。她热情地惊喜地叫了起来："二傻，你快看啊，我的鱼儿全部活过来了。你看，全部活过来了，你看它们多精神啊……"

我只来得及看一眼，就被那欢又狂热地按了下去。她的面颊就像鱼鳃一样，在我的脸上施起了魔法，不知是吻她的鱼呢，还是吻我这个人……

十年前，我和毛丰的关系还没有今天那样生疏，那个夏天，我们在沿湖华侨大厦的顶层，趴在窗沿上，看一大片一大片的人流在我们身旁涌过。

我说:"八年时间你已经走完了从'激进派'到'反动派'的全部历程。"他看看我,笑了,说:"那也比你好,你这八年做什么了?"我说:"我有我的立场。我虽然并不赞成一切过激行动,但我也非常讨厌你说这些话时的嘴脸。"他冷笑一声说:"那你怎么不下去啊?"

那段时间我们争吵得非常激烈,我们的关系正是从这时候开始急剧冷淡下去的。

毛丰没有再跟我唇枪舌剑,他手里拿着望远镜,突然定住了,说:"二傻我眼睛不太好。你给我看看那是谁,是不是那欢?"我没接望远镜,因为我已经凭我的裸眼清清楚楚地看到了那欢。

与其说那欢的队伍是一支激烈的队伍,倒

不如说是一支狂欢的队伍，他们七零八落，服装不一，也没有统一的标志，人数并不多，但他们一个人的激动便可以顶十个人的激动，他们中还有一些坐在轮椅上的人，杭州人从前称这样的人为"十不全"。用乌合之众断不能形容这支队伍的面貌。他们敲打着鼓，呼喊着口号，兴奋而激动地走在大街上。那欢斗志昂扬地走着，身披黑大氅，头上扎一根红绳，侧在一边，另一边挂下来一缕卷发，这三样东西都在西湖边初夏温柔的暖风中飘扬。一起飘扬的，还有她那须臾不离身的点金术魔棒般的手杖。

毛丰问我和那欢还有没有来往，我说："你这不是明知故问吗？自从她和陈建安合伙开公司，我就再没有和他们来往过。"

毛丰放下了望远镜，背对着大街上的人们，他已经不像刚才那样冷漠了。他说："这不怪那欢，陈建安一无大背景二无能力，做生意也是偷鸡摸狗，没有大手笔。再加上有点小聪明，一心想走捷径，刚刚挣了几个钱又想着花天酒地。这样的人能够成大事，还不是活见鬼了。"

我说："他不是娶了个有势力的老婆吗？听说一直跟那欢发誓要离婚娶她的，结果离了八年也没离成。"

毛丰看着远去的那欢的队伍，说："你相信他？他岳父已经死了，他也没什么靠山了。他要再跟他老婆离婚，怎么活？他已经把工作都辞了，这点倒和我一样，恐怕也是那欢怂恿的。她跛足，自信，美丽，勇敢，虚荣，好出风头，向往抛头露面的日子——不——也许她不过是不想成为一条平常的鱼,老死江湖或者葬身人腹;也许她不过是想成为一条人见人爱的五花龙睛。可是别忘了,说到底陈建安难道真的愿意跟着那欢养金鱼去?你怎么不说话,还忘不了她?"他深表同情似的拍拍我的肩膀。

我说:"我就是不明白,她那么聪明的一个人,为什么要吊死在陈建安那棵树上?"

"说句心里话,我们会娶她吗?一个瘸腿、没有工作、贫民窟里的姑娘。和她相爱是一回事,娶她可是另一回事。这话我根本用不着说你就明白,你不是正在和部队医院的女护士接触吗?我听你妈说,两家大人都已经谈定了。你盯着我看干什么?这就是惨淡的人生,鲁迅先生说的。不过真正的猛士不是我们，是那欢。她从来没有找过我的麻烦，她非常明白。不过她也有糊涂透顶的时候。你说这时候她跑到大街上去干什么。二傻我不方便，你快想个办法给她通个气，叫她别胡闹了，到外面避一段时间。"

这算是毛丰对我说的关于那欢的最多的一次话了。但那欢还是没避过去，陈建安刚进局子才十分钟，就把那欢的藏身之地供了出来。好在那欢也没有在里面待多久，她一无所有，也就是个认识问题。半个月后，我把她接了出来。一年以后，她去了国外，听说那时候她已经结婚了。

我没有再去找那欢，那欢也没有再跟我联

系。这段时间我忙着离婚，离婚的原因当然并不是那欢。我和几个朋友看中郊县一片山地，准备到那里去发展果园。这是个苦活儿，也不是马上就会见效的，打死我老婆她也不会同意，只好离婚。我把家里的一切，包括房子都给了前妻，她则给了我一笔钱，正好投资果园。办完这些人生苦杂事，正是金秋十月，西博会开幕的前夕。这一天我到新建的黄龙体育中心办事，有个女人突然拉住了我问有没有西博会开幕式的门票，我抬头一看，那女人还挽着一个男人，西装革履，正是陈建安。几个月没见，他完全变了，与这个正在和国际接轨的都市非常合拍了。我一时愕然，开口就是一句话："怎么样，你们的水族馆呢，要开张了吗？"

陈建安看看那女人，笑着说："不做了，现在我做服装了，杭派服装现在很走俏的。"

我看了一眼他身边的那个女人，明白了，打了个含含糊糊的招呼就走。没走几步陈建安赶了上来，拉住我就说："那欢一直等你去呢。"

我说："她不是为你从日本回来的吗?"

陈建安的桃花眼一挤，说："你不知道，她丈夫在日本另有女人了。"

我怔住了，半天才说："你怎么又去弄服装了呢?"

陈建安说："我不能老是在那欢家里住下去，她从日本回来，全部积蓄也就买了那套房子，还都让她用来养鱼儿了。她的心又大，要搞一个水族馆，谁投资啊。毛丰说杭州现有的

[清]董邦达　西湖十景　花港观鱼

花港觀魚

花家山下流花港,花港魚花最魚身。魚者是花花最魚,春光華西子底須秋水悟南華

金鱼资源就够旅游观赏的了,她要做的事情,花港观鱼,还有玉泉,都已经做了,一点也不比人家日本人差。我劝她做服装,她不肯,她说他们那家几百年来就是靠金鱼活命的,杭州作为全世界金鱼的故乡,有他们'鱼儿那'家族的一份功劳。我说什么'鱼儿那',不是我现编给你的家世吗?谁知她盯着我说,陈建安,你是不是在监狱里关出毛病来了,'鱼儿那'明明是我们那家祖宗的招牌,你怎么说是你现编的呢?"

陈建安盯着我,一脸惶惑,仿佛我是那欢。我看了看不远处已经开始等得不耐烦的女人,说:"你就这样离开她了?"

陈建安一边用眼睛瞟着那女人,一边匆匆

忙忙地说："我总不能让她赶我吧。我一点忙也帮不上，我对养金鱼也没有兴趣，也没有资金。这件事情可行性几乎等于零……我走了，这是个客户，她对我很好……我走了，现在她只有一个人了……"

他匆匆忙忙地跑到了那个女人身边，一脸媚笑。这个吃软饭的家伙。

那欢家热闹得很，一伙人正在搬进搬出，都是那些大鱼缸。我走进屋子，在那张我曾经坐过的单人沙发上看到了那老爷子。他很舒服地坐着，半闭着眼睛，嘴里嚼着瓜子壳儿，一只手同时不停地指挥着："搬这缸，搬那缸……"那欢的几个弟妹们热火朝天地帮着张罗，姚六

花港观鱼中的名人手迹

除了东门处康熙、乾隆皇帝为"花港观鱼"题刻的石碑,公园还保留了不少名人手迹。比如,南门的"花港观鱼"横匾,是著名书法家舒同手迹,马一浮纪念馆入口处有梁漱溟撰、钱君匋书的楹联"千年国粹,一代儒宗",马一浮也曾为园中一处古梅景题名"梅影坡",牡丹园中牡丹亭的匾额由当代文学家茅盾题写。

小姐在门口一辆货车的司机驾驶座旁，兴致盎然地坐着。那欢前前后后地张罗着，她还是那么美丽。看得出来，有许多人的故事写在她的脸上。她一看到我就喊："老爷子，你看我把谁给你带回来了？"

那老爷子仰起脸看我，老爷子老了，但除此之外没有任何变化，他站起来用手作了一个揖说："如果没有猜错，这位就是沈三白的后裔沈二傻了。"

我问那欢老爷子可以抽烟吗？老爷子连忙回答："不要问大小姐，只管递上就是。都活到这把年纪，妖怪了，还怕抽烟？"

我就给他递上一支软中华，这是我办事时请人家抽的烟。他美美地抽了一口，说："二傻啊，说你跟沈三白有关系那是开玩笑。沈三白乃江南人，你父亲是山东人，是1949年5月3日那一天来到杭州城的，和沈三白恐怕没关系。不过我一眼就把你认出来了，你和你家老头儿很像，个头、神态都像。你们的父亲刚进城我们就认识了。他们是接收大员，我嘛，是亡国之臣啊。"

他得意地看着我，青烟在满屋的金鱼儿之间若有若无地缭绕，那些神仙鱼啊，花虎皮啊，德国三色啊，丹顶锦鲤啊……一缸缸地搬了出去。那欢看着我说："都搬到岳王路去，我们那家有个铺位。"

那老爷子得意地说："这批东西拿过去，不好说了，大价钱了……"

那欢拎着手杖，向我摊了摊手，暗示我说些高兴的，别让老爷子难过。与此同时，老爷子朝我挤了挤老眼，也暗示我说些高兴的，别让大小姐难过。我说："今天有空，天气又好，我想请欢欢出去玩玩。"

来来回回忙碌的那欢的弟妹们就高兴地叫了起来："出去玩吧，出去玩吧，出去玩吧……"姚六小姐坐在车座上，拍着手说："出去玩吧，出去玩吧……"

那欢一瘸一拐地走来，顺手拎起架子上的那只大铁杯，里面有一尾已经长得不小了的五花龙睛。

我们把那尾五花龙睛放到花港观鱼的鱼池

花港观鱼的樱花　吴国方　摄于2016年

中去，满池红鲤，那五花龙睛一闪，就不见了。

现在是秋天，没有花瓣可逐的满池红鲤们，和春天时不一样，它们不像烂漫少女了。我和那欢将一个面包掰碎了喂着它们。我想起那一年我把那欢从拘留所接出来，就是先到了这里，我们是来捞金虾儿的，从前我们每次到这里来都担负着给金鱼找食吃的任务。此刻她细细地撒着面包屑，我不知道她在想什么，她生活在水里，像一条金鱼般不可捉摸。

我建议说："跟我一起种果树去吧。"

她想了想，终于一本正经地说："我们可以把果树和金鱼结合起来，联合开发，可以和国际接轨，将来搞大了就是果园托拉斯，公园式的果园。我们照样可以搞水族馆，把水果和观赏鱼结合在一起，这难道不是一条思路吗?"

她目光炯炯地盯着我，在秋天的阳光下，我看到她脸上细小的皱纹在波动，我伸手把她手里的面包连带她的手一起拉来，我说："你就当一条真正的鱼，你就让我来喂你吧。"

那怎么行呢？谁去捞金虾儿啊！她一本正经地回答，泪水却夺眶而出。她拐着脚，使劲儿跑远了，第一次没有使用她的拐杖。

秋柳发黄，西湖恬静，湖水透着凄凉。一池的红鱼都淹没到幽暗的湖水的深处去了。我站在曲桥上，看到池旁那座刻有"花港观鱼"的假山，我想听到滴笃滴笃的拄杖声回来……但万籁俱寂，我只好低下头去寻找——一池静水——那尾五花龙睛呢？那条名叫欢欢的鱼呢？

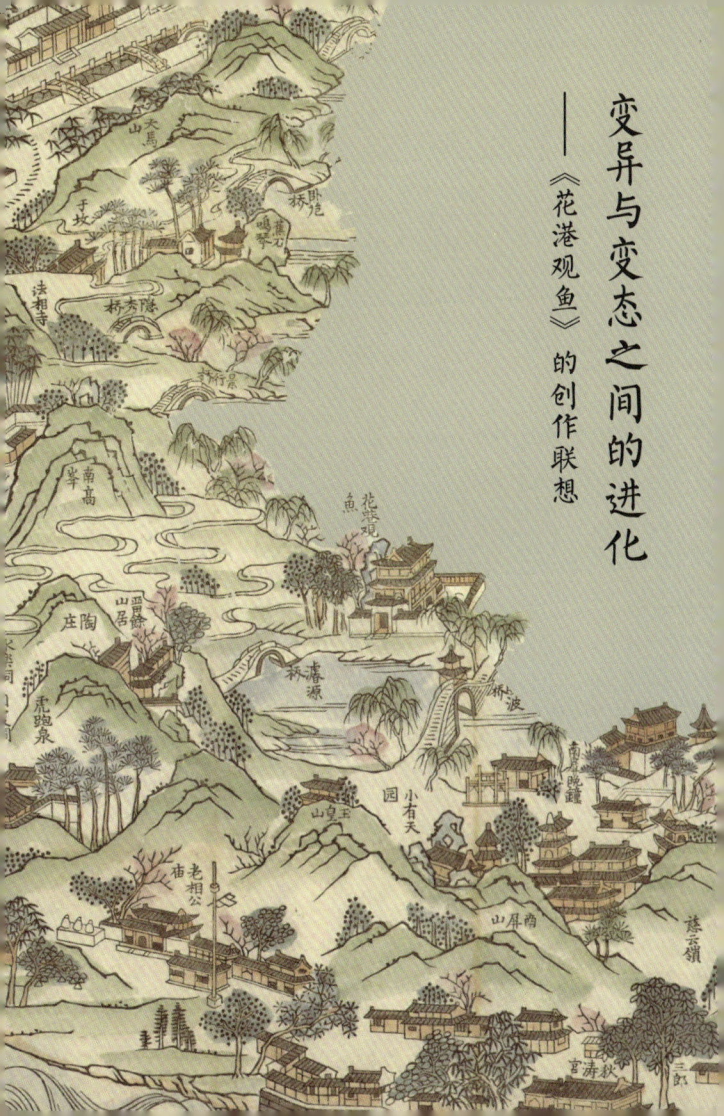

变异与变态之间的进化
——《花港观鱼》的创作联想

我是很喜欢金鱼的，但从来也养不活它们。曾经买过大小许多鱼缸，到头来依旧落得个白肚朝天。年轻时某位朋友因为知晓我喜欢金鱼，一口气送来一缸黑色金鱼，人称黑牡丹，又名墨龙睛，它的尾鳍在张开后如蝴蝶展翅，看上去沉稳踏实，端庄大方，而且多少是有些霸气的。我很是在意，养在鱼缸里，还放了两根水草，黑绿相间，十分养眼，然后出门找鱼食去了。回来一看，鱼全死了，就那么半天工夫。我只好到楼下找了块地，挖了个坑，把这些黑牡丹统统葬了，没告诉任何人，尤其不能让那位朋友知道。

虽然自己不敢再养了，但我依旧会常常到西湖边看金鱼，而且我也一直认为杭州是金鱼的故乡，时代则是从宋开始的。后来再翻阅资料，发现金鱼的发源地有嘉兴、苏州、杭州各种说法，其实地理条件、人物风情差不多，只是起源的说法各异罢了。

相传五代后期至北宋初年，嘉兴的佛教信徒们有放生金鲫的习俗，南湖边的放生桥就是最早的金鲫放生地。到底是东南佛国，连金鱼也和佛教有关。当时的吴越国，敕建净寺，在寺前设放生池，投放人工万人，故名万工池，你想象有多大。朝野上下纷纷在池中放生，这样，山涧池塘中，一种极为罕见的鲫鱼就被发现了，人们觉得它们很神秘，不能吃，而且要保护，于是就成了放生的主要对象。物以稀为贵，有钱人不惜重金寻奇鱼，万工池内，奇鱼便物以类聚了。既类聚，便亲密交往，种种交配，量变质变，最初的金鱼大概就是这样诞生的吧。

后来有生意人干脆将金鲫放在茶楼酒肆边的池中喂养，招揽顾客欣赏。自然放生从此改池塘饲养，金鱼进化的历史开始了。北宋初年，嘉兴城西北一处水塘改名为"金鱼池"，后又修建成金鱼院，被后人认为是中国金鱼发源地。

有人以为杭州是另一个金鱼发源地，时间比嘉兴晚了大约一百年，这对出生在嘉兴、生长在杭州的我来说很是为难，我更愿意这两个地方同时代出现。苏东坡吟诵"我识南屏金鲫鱼"时，是当诗歌来写的，可是一千年来，它却是关于杭州金鱼的最早记载呢。宋代杭州先有六和塔开化寺的水池内放生金鲫，后有南屏山兴教寺的臻师和尚，专门喂养观赏金鱼，被奉为中国金鱼行当的鼻祖。

南宋金鱼的繁盛，首先归功于皇帝高宗的退位。当了太上皇，没别的事干，便在他的德寿宫里筑了个鱼池，专门养金鱼。也就是在那时候，出现了银白和玳瑁色的金鱼，一种以养金鱼为生的人——"鱼儿活"，从此应运而生。

元代大概不是特别关注这些细微之美的吧，马蹄长驱大漠荒野，杯中鱼虾何足道矣。直至明清，杭州又开始了精育细养的金鱼时代，珍贵礼物连年进贡，北京宫廷金鱼从此发展。

杭州人要靠金鱼吃饭了，当然和闲玩不一般。鱼儿活们，日日跑到溪河边捞金虾儿给金鱼吃，又得挑那漂亮的变异的培育。金鱼传播全国，还东渡日本，明朝时的杭州人，几乎家家都养金鱼，竟然也就成了一种地域习俗了呢。

清代，杭州有个英国传教士，名叫马尔蒂尼，要到荷兰去定居。他有个随从叫郑维信，一块儿跟去了，顺便就带上了杭州的金鱼，有龙睛，还有红头，共计十尾。从此，盛产郁金香的王国，认识了来自人间天堂的金鱼。欧洲人也开始有金鱼了。

孩提时的我看鱼,要看最大最大的,杭州最大的鱼儿,只养在玉泉,这样,玉泉就成了我儿时最喜欢去的地方。

玉泉的最早出名,在水而不在鱼。虎跑、龙井、玉泉,它是三大名泉之一。因泉而寺,因寺而放生,放生还专放大的。自宋以来,池内便养五色巨鲤,直到今天,玉泉观鱼,习俗不改。那一亩的大清池,游着几百条大青鱼,大草鱼,大红、黄鲤鱼。长数尺以上,重三十多公斤,当它们一声不吭在水下游翔而来时,简直就像一只只小潜水艇。人们用面包喂它们时,它们显得从容不迫,如出场岁久的老艺人。

清池四周是回廊厅堂,有喝茶的人们,既品茶又观鱼,亭廊上挂着明代董其昌的书法匾额"鱼乐国",典出《庄子》——惠子曰:"子非鱼,安知鱼之乐?"庄子曰:"子非我,安知我不知鱼之乐?"

我家离玉泉很近,我便常去玉泉看大鱼。看大鱼和看小鱼的感觉很不一样。大鱼沉着、老练、稳重,有一种饱经沧桑的淡然,仿佛都有禅意,通了佛性似的。我看大鱼时,大鱼只在水底游,也不看我,我喂它吃,它嘴一张便是,也不跳起来争。这些鱼的年龄我真猜不出,仿佛都已老成了精,但最早不会早出抗战时,因为日本兵打进杭州时,把那些大鱼全都炸死了吃了。我亲眼见过日本兵枪挑大鱼的照片。

很想问问那些老鱼,这一生都经历了什么,看见了什么,有什么感慨。老鱼们也不吭声,只在我眼前,一圈圈地游。

清代朱彝尊,在玉泉池中发现了一尾独一无二的呈翠蓝色的鱼,专门为它写了一首《玉人歌》:

轻涟白,爱一种娬隅,晕蓝拖碧。练塘风暖,苍玉恣抛掷。丹砂泉浅游朱鬣,受尽人怜惜。又争如、雨过天青,者般颜色。

濠上未归客。投香饭青精,日斜与食。莲叶东西,何事便深匿。翠鳞六六空摇尾,懒递闲消息。但年年、映取柳阴千尺。

那时,玉泉除了有大鱼,还有个金鱼陈列馆,几十只金鱼缸,养着两百多种金鱼。它处亦有,终不及此处佳妙,盖因这里大多是一些名贵珍品,在此列一名单,彼此开开眼界。

文种类:素兰花文鱼、紫兰花文鱼、花高头、蓝高头、紫兰花高头、玻璃花高头、五鳍相逢、玉印头球、红文鱼球、红虎头、紫虎头、扯旗黑水泡、鹤顶红、珍珠鱼、扇尾珍珠、彩色凤尾珍珠、珠形珍球等。

龙种类:蓝龙睛、喜鹊花龙睛、蝶尾红龙睛、黑虎头龙睛、彩色龙睛、玛瑙眼、花高头龙睛、红龙睛球、墨龙睛球、彩色珍珠龙睛、扯旗朝天龙水泡等。

蛋种类：宝石印、齐鳃红、彩色蛋球、虎皮蛋球、玻璃花蛋球、红头蛋凤、狮子滚绣球、裙边红、宝石眼、彩色水泡、双挂黑水泡、红头彩色水泡、红眼白水泡、紫砂水泡、狮子头、凤尾鹅头等。

龙背种类：紫朝天龙、花朝天龙、红龙背、彩色蛤蟆头等。

终于要说到西湖还有可观金鱼的一处，名正言顺，西湖十景之一：花港观鱼。

说的是南宋时有个内侍，是理宗的宦官，名叫卢允升，他的私人别墅就在这花家山下，名曰卢园。一条小溪流经园中，注入西湖，水就因了山名,曰花港。

卢园很美,花木茂盛,又有水池养金鱼数十种,来看金鱼的人很多,花港观鱼也就是在那个时候出了名。据说有次在宫廷宴舞,舞娘菊夫人绰约动人,卢生深深迷恋,理宗大手一挥说:"你既喜欢,归你了。"这菊夫人就被领回卢园,和卢生恩恩爱爱地过起日子来。

谁知过了个把月,理宗又想起了菊夫人,宫廷里可不能没有她领舞,打了个招呼,又把菊夫人弄回来了。那允升受不了了,一个太监,又不敢得罪皇上,结果生相思病,死了。

南宋末年后,这里荒芜了。以后一直废废兴兴,到20世纪40年代末,这里仅碑、亭、池各一,园地三亩而已。

今日的花港观鱼，已有金鳞红鲤几万条，看的人拥在曲桥，日日水泄不通。你投下一点吃的，它们哗啦啦地来了，刹那间染红了半池水。若是春天桃花落水，鱼儿嘬花，花著鱼身，鱼将花吐香，花逐鱼明灭。看得你眼花缭乱，也不知哪是鱼儿哪是花儿了。那是和玉泉风采完全各异的金鱼，如果说玉泉的大鱼如潜心哲人，那么花港的小鱼就如烂漫少女了。

细细想来，世上与人类共存的物产，哪一个不是与人类不断磨合的呢？人褪了毛，直立了，我们说进化了；那么鱼变了形，有的变成有鸡蛋黄一样大的眼睛，有的变成花斑皮，有的大得像颗炮弹，有的尾巴大过身体，你可以说它是进化，你也可以说它是"变态"，凭什么来判定它的倒退或进步呢？

窃以为生命力旺盛的事物，终是要寻求各种出路来演进自己的。尤其是那些在逆境中成长的生物。小说中的那欢，就是这样一个不断以自身去迎合时代、追逐时代，甚至挑战宿命的杭州姑娘。在秀丽的江南，照样有着野蛮生长的青草，他们不惧怕撞入牡丹园，不芥蒂别人的背叛，也不内疚自己背叛别人。他们总是那么斗志昂扬地乐观地生活在生活中。他们认赌服输，读书不多，凭直觉行走在诗与远方的路上，一条养在茶缸里的鱼，就能够成为他们的全部精神动力。

在杭州那些曾经细小狭窄的里弄中，以往

是生活着这样一类人的。他们很难归类，有时就被看作边缘人物。但他们又是活跃而生机盎然的一群，比起那些动辄要得忧郁症的人，他们是最好的百忧解，而他们也知道自己正在被利用着。但他们坦然接受，痛苦嘛是痛苦的，但熬一熬也就过去了。要学会忘记过去，意味着变化也无所谓。所以他们就从鲤鱼变成了金鲤鱼，被伟大的诗人写成名句，从此永垂不朽。

他们有时的确很"乱"，但乱拳打死老师傅，他们常常也会在秩序中破圈，冲出秩序。当然，在越来越规范的社会中，他们的游戏不可能场场得胜，但他们的自信依旧使他们在特定的时间段里光彩照人。他们是杭州人，但的确有着一些异质的气韵。杭州的第一任市长是从天水来的，说不定带着胡人气韵？宋代的杭州则有着大量来此做生意的阿拉伯人。至于大清，杭州整一个西湖边划出了地盘，名叫旗下营，那是专门给满族军人们和他们的家属住的。杭州因此出现了一种姓：那，这个姓也成了我小说中的主角的姓。

他们身上有一种我至今无法诠释的感觉，有点像吉卜赛人。这些杭州人非常善良，善解人意，同时也爱吹牛，仗义却又不靠谱。也许任何地方都有这样的人吧，但生活在杭州的这一群毕竟还是与众不同的。他们幽默开朗，生活在底层却全无小市民习气，倒是惊鸿一瞥时，很有些侠客之风。他们能感受到很深的美，依靠的是美的事物，他们哪怕打乱拳，打的也是乱花拳。他们是非常容易甩边的一群人，秩序对他们而言是非常容易被忘记的。所以要在西湖边做清风明月下的好朋友，而不是一起干活的同事。

我很久没有走近他们了，也许这样的杭州人，也已经消亡了。

但我很怀念他们。

附录

岳王庙精忠柏

在岳王庙里有座精致的小亭子,这小亭子里面放着七八段奇特的断木头,乌黑锃亮,硬得像石头一样,叫"精忠柏"。这"精忠柏"是怎样来的呢?事情还得从宋朝说起。

北宋末年,世道乱极了。金兀朮发兵大举入侵中原,一直打到汴京。金兵一路上烧呀抢呀杀呀,地方上被弄得十室九空,老百姓痛哭连天。康王赵构从北边逃到南边,却看上了杭州这块好地方，当作远避金兵的安乐窝，丢下半壁江山不管了，让中原老百姓当着亡国奴。

有道是乱世出忠臣呵！那时候就出了个忠心耿耿的岳飞。岳飞一生把母亲刺在他背上的"尽忠报国"四个字牢牢记着，带领岳家军，奋起抗击金兵。金兀术派出了连环拐子马，被岳飞破了；金兀术又使出了铁浮陀，也被岳飞破了。金兀术悲叹道："撼山易，撼岳家军难！"岳家军打到哪里，那里的老百姓就纷纷举旗响应。金兀术打一仗，败一仗；岳家军打一仗，胜一仗，一直打到河南朱仙镇。

可是，乱世也出奸贼哪！那时候又偏偏出了个阴险毒辣的秦桧。这奸贼同金兀术早有了往来。金兀术看看打不过岳飞，就暗地里派奸细与秦桧勾结起来，讲好条件害岳飞。赵构一天连发了十二道金牌，把岳飞召回杭州，以"莫须有"的罪名，把岳飞害死在风波亭。

这风波亭就在小车桥畔的大理寺里面，当时亭子旁边有棵大柏树，枝叶繁茂，气势非凡。说来也奇怪，自从岳飞被害死之后，这棵大柏树好像有灵性似的，枝叶低垂下来，不久便慢慢地枯萎了。可那根树干儿却像一座高塔似的，屹立在风波亭旁边，稳如泰山。大柏树的树干经历了宋、元、明三个朝代，阅尽了人间几百年的风云变幻，树身越变越硬，直到清朝，还傲然地挺立在那里。

那时候，老百姓正受着异族的欺凌。有一年太平军攻下杭州城，给老百姓出了一口气。

老百姓都很拥护太平军。太平军为了追念民族英雄岳飞,就把兵营设在里西湖的岳王庙前面。当时正是夏秋之交,太平军里有许多士兵忽然生起病来。统兵的王爷见士兵们头昏脑涨,浑身无力,医治又无效,心里很着急。老百姓也都到兵营来送这送那,嘘寒问暖。

一天,有个住在岳王庙旁边的八十岁老人,拄着拐杖来找王爷。老人说:"过去听说有人用风波亭的柏树皮治好过这种病,王爷不妨去试试。"王爷说:"这好呀,常言道'单方一味,气煞名医'哩!老爷爷,你这样大年纪还记着我们太平军,真要谢谢你了!"老人见王爷这样和气,于是又说古谈今,使王爷知道了风波亭柏树的来历。谈了一会儿,王爷就亲自扶送老人回家。王爷一回兵营,就带个亲兵出去,找到了风波亭的旧址,看看荒凉得很,没有什么东西,只有老人说的那根枯掉的柏树干儿立在那里。他看看柏树干儿,又想想岳飞,不觉思潮起伏……王爷在柏树干儿前面立了一会儿,取点柏树皮下来,回到兵营,煎了汤,叫来两三个生病的士兵,各人先试吃一小盅。哈,一吃果然灵验,第二天病就好了。于是再派人去取了些来,把其他士兵的病全都治好了。王爷十分珍惜这根柏树干儿,下令给地方官,要像保护岳王庙一样,把柏树干儿保护好,不得有半点损坏。过了一年,因为太平军在天京失利,退出杭州,清兵又回来了。

到秋天,许多清兵也得了同样的病。那个

带兵的武官听说去年太平军生这病是用风波亭的柏树皮治好的,他想:这柏树皮既然可以治病,也一定能够防病。于是派出许多人去,把柏树皮大片大片地剥下来,熬了几锅子汤,熬得很浓很浓的,不管有病没病,叫每个士兵都喝一大碗。这碗浓汤一喝可不得了了,没病的也生起病来,有病的干脆两脚一蹬,翘了辫子。那武官见了气得手都发抖了,就下令把这根柏树干儿烧掉。可是随便怎么烧,树身一点不动,还闪出黑亮黑亮的光泽,敲起来咚咚响,有金石之声。那武官见烧不掉它,便调来大批人马,用大石头把它击毁,一击击成了七八段,狼藉地堆在地上。老百姓看着实在痛心。后来有几个人,趁着黑夜,悄悄地把这七八段柏树段收藏起来。又过了许多年，有人在岳王庙里造了一座小亭子，把这些柏树段移到小亭子里放着，外面装上栅栏，供人观赏。因为这柏树是岳飞死后枯萎的，后来又宁断不曲，如同岳飞一样坚贞，所以人们称它为"精忠柏"；这个亭子，就叫"精忠柏亭"。直到今天，人们在岳王庙里，还可见到当年被清兵击断的"精忠柏"哩。